一笑

古龍自署

古龍武俠小說 領先時代半世紀

【記者賴素鈴／報導】江湖代有才人出，這廂古龍凋零二十載，那廂今朝懸賞百萬獎新秀，浪淘不盡，唯有武俠熱愛，不隨時間變易，在學術研討會上更見分明。以「一代鬼才：古龍與武俠小說」爲主題，淡江大學第九屆文學與美學國際學術研討會昨起在國家圖書館，展開爲期兩天的議程，紀念武俠小說家古龍逝世二十周年，新生代學者與古龍故舊齊聚一堂，以文論劍話武俠。

日前與淡大中文系教授林保淳共同發表《台灣武俠小說發展史》，武俠小說評論家葉洪生昨天在專題演講中，直批胡適1959年底發表「武俠小說下流論」是「胡說」，學界泰斗的不當發言以及隨即展開的「暴雨專案」，反而促成1960年起台灣武俠新秀的繁興，「武俠小說迷人的地方，恰恰在門道之上。」，葉洪生認定，武俠小說審美四原則在文筆、意構、雜學、原創性，他強調：「武俠小說，是一種『上流美』。」

集多年心血完成《台灣武俠小說發展史》，葉洪生認爲他已爲從十歲起迷上武俠小說的半世紀畫上完美句點，並且宣布他「以後決心退出武俠論壇，封劍退隱江湖」。

雖然葉洪生回顧武俠小說名家此起彼落，套太史公名言「固一世之雄也，而今安在哉？」，認爲這是值得深思的嚴肅課題，昨天意外現身研討會而備受矚目的溫世禮，則爲了紀念同是武俠迷的哥哥溫世仁，推出第一屆「溫世仁武俠小說百萬大賞」，即日起至今年10月3日截止收件，經兩階段評選後於明年12月7日公布首獎得主，預料將會是一場武林新秀的龍虎爭霸戰。

看明日誰領風騷？風雲時代出版社發行人陳曉林眼中的古龍，其實領先他的時代半世紀，以致如今雖然古龍逝世20年，陳曉林認爲大家對古龍的了解仍然有限，預言未來世代更能和古龍的後設風格共鳴。

昨天這場研討會，也凸顯武俠小說作爲一項文學研究門類，仍有待開發學習空間。多位與會者都指出，武俠小說的發表、出版方式和管道具考證難度，學術理論與論文格式的建立待加強。而武俠名家的版權之爭、市場競爭力，也增加出版推廣困難，古龍武俠小說的版權糾紛、司馬翎作品的版權官司也成爲研討會的場外話題。

第九屆文學與美
一代鬼

古龍兄為人慷慨豪邁，跌蕩自如，變化多端，文如其人，且復多奇氣，惜英年早逝，余與古兄當年交好，且喜讀其書，今既不見其人，又無新作可讀，深自嘆惜。

金庸

一九九六、十、十一 香港

古龍

古龍

真品絕版復刻 9

遊俠錄

下

古龍 著

古龍真品絕版復刻說明

由於版權限制之故，本專輯「古龍真品絕版復刻」所集六種古龍最早期武俠作品，在台灣已絕版很多年，而本版推出後也不會再印行問世，故稱「絕版復刻」。此版本限量發行，只以饗有緣人。

殘金缺玉，碎鑽散翠，卻可由此透視後來光芒萬丈、膾炙人口的古龍武俠諸名著，其最根柢處的靈氣之源和俠情之始。凡對古龍作品有真正興趣、愛好的讀友，必會收存這個專輯，並可由此看出：當古龍將這些金玉鑽翠串綴起來時，是何等的璀燦奪目？

目錄

目錄

第五章　雲龍入雲

園中之秘

第二天，三個女孩子一到黃昏就注意著邱獨行的行動，果然，天入黑沒有多久，他又跑到後面去，三個女孩子等了一會，也跟了去。

可是，和前一天一樣，她們仍然是毫無結果，快快地剛跑回來，邱獨行也回來了，她們望著他，他仍然安詳而自然。

這三個女孩子的疑惑更大，在堡中轉來轉去，白非匆匆跑來，笑道：「你們都到哪裡去了？害得我好找。」石慧一笑，司馬小霞卻瞪了他一眼，白非又道：「今天是十五，月亮好圓噢。」

樂詠沙望了司馬小霞一眼，司馬小霞一皺鼻子，兩個一笑，溜了，白非心中大為感激，笑道：「她們兩個人倒真不錯。」

石慧瞧了他一眼，噗嗤笑出聲來，在他臂上輕輕擰了一把。

兩個人卿卿我我，彷彿有永遠談不完的話，石慧心裡忘不了邱獨行在那個林園中的秘密，就對白非說了，白非也是暗暗疑惑。

對於千蛇劍客以前在江湖上的劣跡，白非隱約知道了一些，這是他父親告訴他的，此刻他聽了石慧的話，自然也在懷疑這千蛇劍客究竟在弄什麼玄虛，於是說道：「明天我也去看看。」

於是白非第二天也跟著這三個女孩子去，可是也一樣的沒有結果。

白非皺著眉，將這事前後想了好幾遍，越想越奇怪道：「邱獨行每天晚上是到哪裡去？去幹什麼？不在園中是在哪裡？假若在園中，怎麼卻又找不到他？難道那園中有著什麼秘密？」

他將自己關在房子裡，想了一個晚上，竟未曾闔眼，須知他人極固執，做任何一件事若不得到結果，總不甘心，這和他的外表不大相同，然而卻是他的天性，這種天性使得他做成了許多別人無法做成的事，也使他獲得了許多別人無法獲得的機緣。

最後，他替自己想出了一個結論：「堡外一片荒漠，看來邱獨行不會到外面去，定是在那園中有著什麼秘密。」

當然，他也知道這結論未必確實，但卻也是最接近事實的一種結論，於是天一亮，他就披上衣服，推門出去。

深秋的清晨，寒意料峭，他卻一絲也不覺得冷，迎著清晨寒冷而清新的空氣，他深深吸了一口，趕到後面的林園中去。

昨夜有風，滿園落葉，朝霧未退，寒意襲人，但卻有種說不出的味道，使白非的血液裡起了一陣微妙的顫抖，他踏在落葉上，施然而行，兩隻眼睛像老鷹似的在園中搜索著。

看起來，這是一個極為普通的林園，並沒有任何可以隱藏秘密的地方，白非卻不死心，仍然搜索著，有陽光從樹林的空隙中射進來，他仰首而行，旭日已升，今天居然又是晴天。

他一面搜尋一面深思，漸漸走到池水旁，瀑布倒掛入池，水聲淙淙如琴音，他奇怪：「池中的水怎麼不會溢出來？」轉念卻又不禁失笑：「想來這池下必定還有排水之處。」於是他對千蛇劍客不禁十分欣賞，因為建造此地，並非易事。

他漫步池旁，池水清澈如鏡，有幾段枯枝漂在水面上，望了一眼，他也並未十分在意，眼光動處，忽然又看到一樣東西。

他走過去取了過來，那是一張寬約三尺的防雨油布，本來是放在假山的裂隙中，不知怎麼露出一角被白非發現了。

望著那塊油布，白非又陷入深思，心中猛然一動，看了那比平常大了數倍的假山一眼，掠了上去，想看看瀑布的後面究竟是什麼，但是山雖然是假山，這瀑布卻像真的一樣，飛珠濺玉，水勢頗大，後面是什麼，根本無法看到。

他掠了下去，又望了望池水上的枯枝，劍眉一皺，像是心中下了決定，走到林中，也折了段枯枝，掠回池邊，將那段枯枝往池中一拋。

這池方圓約有十丈，他將那段枯枝一拋，力量用得恰到好處，那段枯枝在離池邊四丈之處落了下去，他手裡拿著那塊油布，身形一弓，竟掠了起來，振飛四丈，曼妙的落在那段枯枝上。

他巧妙地將足尖一點，那段枯枝在水面上滑了兩丈餘，真氣又一提，腳尖在枯枝上一點，身形再離起，竟向那瀑布掠了過去。

地穴中的十日，使得他此時已成為武林中的頂尖高手，若換了以前，他再也無法借著一段枯枝達到這境界，雖然他以前輕功已自視不弱，但周身凌虛水面的身法，卻是極難能可貴的。

他人在空中，雙手將那塊油布張起，徑直向瀑布衝了進去——耳畔水聲如雷鳴，在這一剎那間，他腦海中如電般閃過許多事，而其中最重要的一件卻是：「假如瀑布後面是一片山石怎麼辦？」這問題他事先也曾想過，但是千思萬慮，認為這瀑布後一定有著秘密，是以後面是山石的可能極少。

然而此刻，這問題卻又在他腦海中湧生不絕，說來話長，然而以他的身形，卻是快如閃電，他眼睛一直是睜著的，水勢一住，前面赫然果是一片山石，而他身形如箭，眼看就要撞上去，就算他能頓住身形，不撞上去，然而卻要掉到水裡。

在這種情況下，除了他要有過人的武功之外，還得有清晰的頭腦以及正確的判斷，而後兩者比前者還要更有用些。

在他發現前面果然是一片山石的那一剎那，他立刻雙掌前揮，一股柔和但卻強勁的力道倏然自他掌中發向那片山石。

是以，他前衝的力道便也倏然大大的減弱了，他雙掌竟筆直的向前伸著，手中拿著的油布早已掉到水裡。

他掌緣方一觸及山石，掌心內陷，用了內家掌力的黏字訣，雙掌雖然擊在山石上，卻牢牢黏住了，這樣他的身軀便因此而能緩緩黏在山石上，像一隻壁虎似的。

長吁了一口氣後，他想到了第二個問題：他總不能永遠在山石上黏著呀，而此刻他若想回去，也萬萬不可能，那麼唯一的辦法就是向上爬，這方法想來雖極易，然而當時他卻可真花了一段時間才想到，於是手腳並用，以絕頂身手向上遊行。

突然，他覺得褲子一鬆，原來褲帶竟斷了，此時他正施展壁虎遊牆的功夫，雙腿動得太厲害，褲帶這一斷，褲子可馬上就要掉下來，他一急，真氣一散，「撲通」竟掉下水去。

此處本是瀑布下瀉之處，水勢當然湍急，他毫無水性，一掉下水，便像個秤錘似的直往下沉，他雖具有一身絕世武功，然而在水裡卻一點兒也施展不出，像一隻掉在水裡的雄獅一樣在水裡掙扎著。

芳心悽楚

雲龍白非又失蹤了！當天下午靈蛇堡裡就在轟傳著這消息，最著急的當然是石慧，她竟不再顧忌別人的看法，竟流下淚來。

「別擔心，也許他又溜到哪裡去學武功去了，我說妹子，你盡可以放心，憑他那一身武功，難道還會出什麼差錯不成？」樂詠沙拍著她的肩，安慰的向她勸說著，然而，她卻哭出聲來。

此刻，她難受的倒不是怕白非出了意外，難受的卻是白非竟會不辭而別，她對他的萬般柔情，難道他都看作毫無留戀的嗎？

「他的確是不應該。」樂詠沙氣憤的說道：「就是要走，他也應該先跟慧妹說一聲呀！」聽了石慧的哭聲，任何人都會動心的，司馬小霞道：「他真是薄情郎。」這個天真的少女，竟將她偷偷看來的戲文都說了出來。

司馬之瞪了她一眼，沉聲道：「從早上到現在他還沒有回來，看樣子他是走了。」微一沉吟，他又道：「也許他又回到上次習武之處，只是那地方誰也不知道，又怎能找得到他？」

石慧抽抽泣泣的，卻止住了哭道：「我去過。」

司馬之道：「我們就去找他。」

石慧頭一低，道：「可是我也找不到那地方。」

司馬之長歎了一口，暗忖：「你這不是廢話嗎？」

石慧心中一動，突然道：「我知道有一個人找得到那地方。」

司馬之問道：「是誰？」

石慧道：「就是那棟房子裡看門的聾啞老頭子。」她原原本本地將那次在地穴中的事說了出來。

這件事，她還是第一次說出來，每個人都聽得發怔，卻又不免驚異，難道那聾啞老頭子也是身懷絕技的奇人？難道白非的武功竟是他調教出來的？邱獨行一直也在旁側聽，此刻一拍腿，說道：「我早就看出那老人不是常人，但是他深藏不露，我也始終沒有發現他的異處，此刻石姑娘一說，倒可證實此事了。」

誰知白非的奇遇，他既不肯告訴石慧，當然更不會告訴別的人，大家見他不說，也就都沒有問，此刻石慧一提，大家可就全都極感興趣，司馬之沉思半晌，道：「那地穴的白壁上必定是武學上的秘笈，是以白非在短短十天之中武功一日千里，和以前有雲泥之別。」

邱獨行點首道：「我也是如此想。」他稍微停頓一下，又道：「石姑娘，此刻我們別無他策，只有先去找到那老人再說，也許他會知道白少俠的去處也未可知。」

司馬小霞和樂詠沙一齊稱是，她們雖是關心白非，卻也是要看看那武功秘錄，練武的人聽到有這種東西，自然渴望一見，她們這種心理也無可厚非，就連司馬之此刻何嘗不也是如此呢？

邱獨行留下岳入雲在靈蛇堡裡照顧群雄，自己卻和司馬之等一行五人出了靈蛇堡，向他那座在荒原中建造的別墅中去，探尋一些他們心裡都非常渴望知道的秘密，白非的下落不過是其中之一罷了，他們再也沒有想到，白非根本就在靈蛇堡裡，這就是人們的錯覺，而這種錯覺是常會發生的。

黃昏快要來了，九爪龍覃星坐在門前，望著天上的雲霞，他手上的旱煙袋的煙已經滅了，他也不在意，仍然不時放在口中吸著，晚霞綺麗，夕陽雖是無限好，只是已經近黃昏了。

他已經活了太長的一段歲月，剩下的日子，他雖然珍惜，卻也非常淡漠，因為他已了卻了一件最大的心事，世上已沒有什麼再使得他留戀的了。

驀然，人影動處，他面前多了五個人，這五人身手俱極佳，然而這些倏然而來的人卻並沒有使得他驚嚇起來，這也許是因為他的感覺已麻木，也或許是認為世上根本沒有什麼使他驚嚇的事。

「老前輩，」邱獨行走上一步，深深一揖，說道：「小可有一事請教——」覃星站了起來，連忙也回著禮，然而卻搖了搖頭，臉上帶著惘然的笑容，表示根本聽不到他的話。

邱獨行眼珠一轉，驀然高喝道：「老前輩！」這三個字他一運氣喊出，足可穿雲裂石，樂詠沙、司馬小霞和石慧嚇得一打哆嗦，連忙掩著耳朵，司馬之也是全身一震，然而覃星卻連眼睛都沒有眨一下，邱獨行道：「他果然是聾子。」

司馬之暗忖：「原來他是在試這老人是否是個聾子，只是他這樣也未免太捉狹了吧，也太不相信別人了。」他暗歎一聲：「江山易改，本性難移，他的老脾氣還是改不掉的。」

邱獨行證實他果然是聾子後，立刻蹲在地上，用手指輕輕寫道：「老前輩見著白非沒有？」

那麼堅硬的地，他手指劃上去，卻像是劃在豆腐上似的，覃星面色稍微動了一下，搖了搖頭，心中卻暗忖：「非兒又跑到哪裡去了？這些人為什麼來找我，難道非兒已將我的身分說出來了嗎？」

石慧搶過來，也在地上寫道：「你老人家可不可以帶我們到那地穴去，也許白非又跑到那裡去了。」她寫在地上的字，可遠不如邱獨行的清晰，再加上她心裡急，寫的又快，覃星看了半天，才認出來，故意在地上畫了幾畫，卻只有幾道淺淺的印子，然而，誰都知道他這是在裝蒜。

樂詠沙秀眉一皺，暗道：「好，你裝蒜，我讓你裝不成。」掠過去刷的一掌，劈向覃星的咽喉。須知咽喉乃是人身上最脆弱的部位，若被人用內家掌力一切，哪裡還有命在？

樂詠沙的意思是：「你會武功，我不怕你不接我此招，那時你的原形就畢露了。」一掌切去，竟用了十成真力。

那老人家根本像是沒有看到一樣，樂詠沙認定了他有武功，而且武功一定極高，這一掌仍然照直切去，力量一點也未減。

掌去如風，眼光瞬處，樂詠沙的一掌竟著著實實切在覃星的咽喉，只見他撲通一聲，栽倒在地上，樂詠沙花容失色，走過去一看，人家竟呼吸絕了，再一摸胸口，連胸口都涼了。

她雖有羅剎仙女之號，行事當然狠辣，然而此刻，她卻不禁變色，司馬之怒叱一聲：「你瘋了嗎？」順手一耳光打在她臉上，樂詠沙幾時挨過打？哇的哭了起來，一頓腳，竟走了。

司馬小霞連喊道：「姐姐，你別走呀！」也跟了出去，眾人一起趕出兩步，石慧也在後面喊著，司馬之老淚縱橫，顯見得心裡難受已極，邱獨行在旁邊見了也是惻然。

過了一會，石慧和司馬小霞回來了，兩人臉上都流下了淚，因羅剎仙女樂詠沙已不知跑到哪裡去了。他們黯然轉過身，不禁又都「呀」的驚喚了出來，原來聾啞老人的屍身此時也失了蹤。

他們個個覺得有一陣寒意自背脊升起，直透頭頂，掌心也微微沁出冷汗。司馬之長歎一聲，掉頭就走，眾人跟著出去——

回到蛇堡，已是深夜，靈蛇堡卻又出了一件大事。

水簾洞裡

白非身軀一落水，就暗叫糟了，真氣方散，此刻再也無法提起，撲通掉入水裡，竟沉了下去，他手足亂動，掙扎了一會，非但無補於事，還喝了幾口水，鼻子裡也進了不少水。

這滋味可真難受，他頭腦裡也是暈暈忽忽的，有些六神無主，死亡的陰影模模糊糊的向他襲來，驀然，他亂動著的手摸到池邊的泥土，他手上是何等功力？竟硬生生插了進去。

一個不會水的人，落入水後，無論碰著什麼東西，都會緊抓著不放，這是人類求生的本能，此刻白非一手插入池邊，心裡稍微定了定，屏住了氣息，左右手交替著插在土裡，不一刻，他竟爬出了水底，頭已經露在水面之外了。

第一件事，他長長的吸了一口氣，覺得那是這麼舒服而美好，世上所有的東西對他說來，都無法和這口呼吸相比。

他略為喘息了幾口，一離開水面，上面就是山石，他手上功夫雖佳，可是卻也無法插進山石裡，扶著山石的凸出之處，他讓自己在水面上待了一會，耳腔水聲如鳴，瀑布濺著水珠，從他身側倒瀉而下，碰到池水又濺起一片水珠。

他讓自己的頭腦稍微平靜了一下，這種從死亡邊緣逃回來的感覺，他當是第一次嘗試到，他低著頭，喘息了片刻，抬起頭來，目光瞬處看到一件東西，心頭不禁又猛然一陣劇跳。

那是一個洞穴，在假山的下端，是以方才白非沒有見到，他在心裡哈了一聲，暗忖道：「果然不出我所料。」

他在湖邊尋著那塊放在假山裂隙中的油布，那顯然是有人故意收藏在裡面的，再看到漂浮在池水上的枯枝，和那片倒掛而下的瀑布，心中忽然一動，想起了他幼時所看的西遊記裡花果山、水簾洞那一段神奇而荒謬的故事。

他在心裡立刻編織起一個並不荒謬的想法，他想邱獨行極可能手裡拿著那塊油布，借著那一段枯枝，以絕頂輕功飛度過那長達十丈的湖面，穿入瀑布，而瀑布後面的假山裡也有著一個和花果山水簾洞一樣的洞穴，這洞穴裡便藏著千蛇劍客的秘密。

此刻他果然發現了一個洞穴，不禁暗地高興自己的猜測果然對了，毫不考慮的朝那洞穴緩緩移動了過去，手一摸到洞穴的邊緣，微一用力，濕淋淋的身子便像魚一樣的翻了上去。

那洞穴方圓不過五尺，他爬了進去，根本直不起腰來，裡面是一條像是極長的地道，高、闊也和入口時差不多。

於是他雙臂一錯，全身骨節一連串輕響，使用縮骨術將自己的身軀縮成幼童般高矮，極謹慎的向洞中走去，心情既緊張又興奮，因為他知道這洞穴裡定隱藏著一個很大的秘密。

這條秘道蜿蜒而入，他愈往裡面走，彷彿越狹小，到後來竟連他那幼童般大小的身軀都不能再站立著往前走，他只好伏了下來，在裡面蛇行著。

又走了一段，前面竟是一個寬只有一尺，高也只有一尺的洞穴，他探首一看，裡面黑黝黝的，彷彿沒有什麼，但是他此刻卻怎會甘心就此一走？幸好他有著縮骨術，竟從那一尺大小的小洞裡鑽了進去，一面卻暗忖道：「難道邱獨行也會縮骨之法？不然他怎麼能夠鑽進來？」

哪知他身子一進洞，突然風聲颼然，向他頸部襲來，他大驚之下，反手去擋，此時他的下半身還在洞內，身手當然極不靈便。

襲向他頸部的，是一條長而枯瘦的手臂，一招未成，手臂像條靈蛇般的微一內縮，動作竟快到極點，而出手的部位，也是妙到毫巔。

白非下半身不能動彈，上半身又是懸吊在那裡，在這種情況下，他頸部一麻，竟被那手臂夾頸抓住了，他更駭然，不知道在這個洞穴裡抓著他頸子的到底是什麼怪物。

那怪物竟似懂得武功，手一抓住他的頸子，食指微壓，在他耳畔的「玄珠」穴上一拂，白非全身一軟，穴道被點，真氣受阻，縮骨術自然也失去效力，渾身骨頭像是全散了似的。

接著，他的腰下又是一緊，原來他此刻縮骨法一破，身子又恢復了原來大小，在這麼小的洞穴裡，當然會覺得緊。

他驚駭交集，極力的斜著眼，想看看抓著他頸子的到底是什麼東西，此時他的部位不對，又不能轉動，使盡吃奶的力氣，什麼也沒有看到，他長歎了口氣，什麼辦法也沒有。

抓著白非頸子的那條手臂此刻一鬆手，卻抓著了白非的頭髮向裡面猛拉，白非痛得眼淚直流，他下身已大，洞穴又小，那手臂用了極大力氣，白非卻只能一寸一寸的向內移動，不但頭上奇痛徹骨，下面也是痛得非同小可。

終於他被拉了進來，「叭」的被人家拋在地上，全身骨節劇烈地發著痛，他的臉貼著地，鼻子也整個壓在地上，幾乎透不過氣來，但是他穴道被點，卻一絲也動彈不得。

他聽到一個極為尖銳而刺耳的聲音在他旁邊響了起來，身上不禁起了一陣雞皮疙瘩，冷汗虛虛的往外直冒。

「我等了幾十年，總算有個會縮骨法的人爬進來了。」那聲音喋喋怪笑著，笑聲使得白非全身悚慄，久久都無法消失。

這裡面竟然有個人，還被關在這裡面幾十年啦。白非吃驚的暗暗忖道：「可是這人是誰呢？他和邱獨行有什麼關係？為什麼會被人關在這裡呢？邱獨行每天來，難道就是為了看他？」

他百思不得其解，心裡又有說不出的著急，鼻子被壓得扁扁的，一陣陣極難聞的氣息直往他鼻子裡衝了進去。

這人在這裡關了幾十年，吃飯排泄必是都在此處。聞著地上的惡臭，心中想到這問題，他幾乎將心肝五臟都嘔了出來。

那人得意地怪笑著，笑聲震得白非的耳膜都快破了，白非又一驚，這人的內力之強，亦是駭人聽聞，這從他的笑聲中就可以聽出來。

那怪人笑了一陣，以一個怪異的尾聲結束了笑，突然道：「你小子是誰？和邱獨行有什麼關係？為什麼會跑到這裡？」他一連問了三個問題，卻也正是白非要問他的，那人又喝道：「快說！」用手指在白非肩上敲了一下，白非痛得又是一皺眉。

「你點住了我的穴道，叫我怎麼開口？你簡直是個混蛋！」白非在肚中暗罵著，突然一陣風聲，腰部被人重重拍了一下——

第六章 峰迴路轉

又現奇人

白非存心探秘，仗著絕頂輕功和決心，飛越池面，穿入瀑布，在險死還生的情況下，果然發現了一個神秘洞穴，他自恃武功，孤身犯險，哪知身未入洞，已被人點中穴道，扔在地上。

白非出道以來，被人點中穴道這還是第一次，尤其是在這種情況之下，他自然難免驚駭，身上仍在隱隱作痛，地上的氣味也令他作嘔，這種苦頭，出道以來都是一帆風順的白非何時吃過？

突然，他臥倒的身軀被人翻了個身，睜開眼睛，一隻枯瘦的手在他臉前一晃，一人喋喋地發著極為刺耳的笑聲。

白非隨著那笑聲看去，洞中雖黝黑，他仍可看出那人怪異的身軀，那是一個極為枯瘦的老者，笑的時候，嘴角幾乎咧到耳根，兩邊顴骨高高聳起，活像一隻深山裡的猿猴。

順著脖子往下看，身上竟沒有穿衣服，黝黑而枯乾的皮膚裡，一根根肋骨歷歷可數，然而，在瘦得已經乾了的胸膛之下，卻有一個西瓜般的大肚子，肚子下的兩條腿，卻又像插在西瓜上的兩根竹竿。

白非倒抽了一口冷氣，頭皮發脹，他生長在武林大豪之家，生平見過的怪人也算不少了，見了天赤尊者，他已覺得是天下最怪的人，哪知此番的這人，卻又讓他開了眼界。

他在打量著人家，人家可也在打量著他，忽然伸出兩隻鳥爪般的手，筆直地向他抓過來，白非嚇得心頭打鼓，可是穴道被閉，連躲都無法躲，索性閉上眼睛，在這種自身已無能為力的情況之下，他只有聽天由命，等待著命運的安排。

那人枯澀的手掌在他咽喉一握，白非暗歎了口氣，只要那人五指稍稍一緊，自己的生命便要結束了，對生命的熱望，對慈親的懷念，對愛侶的相思，在這一剎那之間，像是一陣突然爆發的洪水，沖得他心神混混沌沌的迷惘一片。

那兩隻手在他喉頭稍稍停留一下，卻往他肩頭溜去，他方透出一口氣，那人喋喋的笑聲又起，「嘶」的一聲他那已經濕透了的長衫竟被撕了開來，他再睜開眼，那張猿猴般的臉，正在他眼前晃動著，無比難聽的笑聲，刺得他耳膜隱隱發痛。

他只得再閉起眼，那人的手伸向他肋下，他長衫竟被脫了下來，接著是裡面的短夾襖、長褲、布襪、薄底的便履，都被脫得乾乾淨淨，只留下一條犢鼻褲還穿在他身上。

白非在此刻真是既驚又怒又有些羞愧，他不知道這怪人脫他的衣服幹什麼，悄悄睜開眼來，那怪人正手舞足蹈的將從自己身上剝去的衣衫穿在自己身上，高興得竟像穿了新衣的頑童，白非忖道：「這廝大概有許多年沒有穿衣服了。」看到他的樣子，不禁覺得有些好笑，想到自家的遭遇，卻又連一點兒笑意都沒有了。

那人身軀畸形無比，穿起白非的衣服，自然極不合身，可是他卻左顧右盼，像是覺得自己已經很漂亮了，白非想起「沐猴而冠」這句話，真是哭笑不得，眼光動處，卻看到那怪人的手又緩緩向他伸過來，而且又是伸向他的咽喉。

他知道在他面前的這人即使不是瘋子，卻已和瘋子相差無幾了，而一個瘋子或者半瘋的人做出的事，是人們永遠無法預料得到的，因此，有誰知道他這次的一伸手不是向自己做致命的一擊呢？

他又閉上眼，那怪人喋喋地笑著，竟說出話來：

「不要害怕，我不會弄死你的。」他說話的聲音除了刺耳之外，竟還有些生硬，真像一隻居然學會人言的猴子，但白非卻覺得有些高興，他總能夠說出人話來，這對白非說來，他居然和自己說話已是意外，至於話中的含義，白非卻不管了。

那怪人一把從白非頭上攫去了那頂寶藍色方巾，一面又道：「好不容易有個人來陪我，我怎麼捨得弄死你呢？」他大笑著，這笑聲使得白非全身的寒毛都豎了起來。

「看你年輕力壯的樣子，總不會比我先死，哈——我死的時候，總算有個人陪我了，這麼多年——」他的語調突然低沉了下去，變得有些淒涼的味道，又說道：「究竟有多少年啦，十年、廿年、卅年，喂，我在這裡到底有多少年啦？」

白非迷惘的睜開眼睛，迷惘的望著這怪人，心裡一連串的升起了無數個問題：「這怪人是誰？他為什麼會被關在這墳墓般的洞穴裡？他被關在這裡難道有幾十年了嗎？怎麼他還沒有餓死？邱獨行和他又有什麼關係呢？為什麼他每天都到這裡來一趟？」

白非不能回答這些問題，也沒有回答那怪人的問題，那怪人卻又喋喋地怪笑起來，說道：「管他哩，十年也好，二十年也好，我在這裡多舒服，吃了睡，睡了吃，一點心事也沒有，不比你好多了嗎？你呀，每天還要為我擔著心事。」說這話的時候，他雙眼空洞的注視著遠方，像是自言自語，又像是在對別人說話，但是白非知道，他話中的「你」決不是指的自己，「那麼他指的是誰呢？邱獨行嗎？」白非暗暗猜測著。

那怪人兩隻手拿著白非那頂文士方巾不住把玩，舉了起來，想戴到頭上去，但是他頭上的頭髮卻比鳥窩還要亂，於是他勾起五指去整理頭髮，整理了半天，頭髮卻像是比以前更亂了。

他煩惱的將自己的頭髮一揪，突然悶哼一聲，身子像是突然漲大了兩寸，頭上的頭髮，竟一根根的直立了起來，伸得筆也似的直，像是一根根插在頭上的鋼絲，一吐氣，那頭髮軟軟落了下來，果然整齊了，怪人得意地笑著，彷彿對自己的這一個創舉頗為欣賞，胡亂地將方巾戴到頭上去。

白非暗地吐了一口長氣，「先天真炁」，他思索著：「數十年來能將先天真氣練得如此精純的，我還沒有聽到過。」於是他對這怪人更懷疑，甚至對他自身的安危，都看得淡些了。

但是，用不著多久，一種緩緩的恐懼就像冬天侵襲著秋天似的，不知不覺地齧食著他的心：「難道我真要在這裡陪這怪物一輩子嗎？」此刻雖已確信這怪人不會弄死他，但是這怪人要他做的事，卻並不見得比死好多少。

「這怪物功夫恁的精純，卻為什麼不自己設法跑出去？」他越來越奇怪，哪知那怪人又驀然在他身上拍了兩掌，竟將他的穴道解開了。

隔了許久，他才敢坐起來，悄悄轉動著頭，打量著這洞穴，那怪人喋喋地說道：「這地方還不壞吧？保管你住得舒服。」

白非可不這麼想，天下若有任何一個人認為這地方住著舒服，那麼這人不是瘋了就是撞著鬼了，他暗暗調息著自己的真氣，那怪人坐在對面望著他，根本不理會他在做什麼，一會兒伸手撫摸著那西瓜般大的肚子，喃喃地不知在說些什麼。

真氣舒散地運行了一周，白非的身軀裡又滿蓄了驚人的活力，「試試看吧！」他暗忖著，左手一按地面，身軀飄起，右手搶出如風，「颼」然一聲，擊向坐在他對面的那怪人鼻畔，食拇二指，微微分開，正是點向那怪人鼻畔「聞香」、「沉香」兩處穴道。

除了制倒這怪人之外，他別無他法可以逃出此間，入口那洞是那麼小，他絕無可能一穿而過，若不能一穿而過，那麼這怪人勢必要將他抓回來，是以他奔雷馳電般發出一招，他已看出這怪人的功力，若非出其不意，得手的希望很少。

這一招念動即發，可說是快得無與倫比，那怪人眨著眼睛，不避不閃，手一抬，大拇指高高豎起，所放的位置，卻正是白非那一招發盡後他手肘間的「曲池」穴一定要到的位置。

他拿揑的位置和時間那麼妙，白非知道不等自己點中人家，人家就已點中自己的，右手劃了個半圓，斜斜彎曲，盤著的雙腳卻向外一蹴，猛然踢向那怪人的前胸致命之處。

這一招變化更是快極，噗的一聲，白非的雙腳果然踢在那怪人身上，他這一腳的力道何止千斤？就算是一塊巨石，怕也要被他踢碎，但此刻白非卻暗叫一聲「糟」，他知道他這一招已經得手，但是自己的腳踢在人家身上後，那感覺竟像是踢在一團揉濕了的麵粉上似的，雖然舒服得很，然而這種舒服白非卻寧可沒有享受到。

先天之炁

白非非常清楚自己這一腳的力量，失色之下，手掌一按地，引氣上騰，哪知身子卻動也不動，兩隻腳竟被那怪人吸住了。

他做夢也沒有想到，自己這一身已足以傲視武林、掌斃天赤尊者的武功，在這人手下連兩招都沒有走完已自被制，他卻不知道這畸形的怪人在這潮濕陰暗的洞穴裡被困竟已達一甲子，這一甲子來他吃盡了任何人都無法吃的苦，也練成了一種前無古人的絕頂功夫，就算昔年威懾天下的奇人七妙神君，內功已臻化境，但比起此人來，精純或有過之，奇詭卻還不足哩，白非驟遇這種身手，自難抵敵了。

須知武學最難練成的就是先天之真氣，這在道家稱為罡氣，無堅不摧，無物不克，是由內家的後天之氣上一步步奔成根基而練成的。這怪人數十年來卻由另一途徑達成此境界，雖是由邪而入道，但殊途同歸，威力比自道家的罡氣並不遜色，只是還沒有為世人所知而已。

那怪人喋喋的又連聲怪笑著，笑聲一起，氣功消失，白非雙腳被吸引的力道也驟然消失，「砰」的落到地上來。

白非全然被驚嚇住了，動手的勇氣消失得乾乾淨淨，那怪人望著他直笑，咧到耳根上的嘴角泛起了一些白色的泡沫。

「看樣子你是嫌這地方不好，是不是？」他怪笑著說：「可是我包管你在這裡住得舒舒服服的，每天還有好東西。」以手為板，居然擊節而歌了起來，白非皺起眉頭，恨不能把耳朵堵上，爬起來遠遠躲到另一角落裡去，發著悶氣。

四周全是山石，除了那一個小洞穴之外，此洞穴就絕無其他的通道，白非的心情低落了，除了制住那怪人之外，他別無其他的辦法出去，而那怪人武功深不可測，自家卻又根本不是人家的對手。

那怪人拍著手掌，唱著歌，大肚子一挺，將白非衣衫上的鈕扣震掉了三粒也不管，望著白非笑道：「你肚子真小，可是你不要難過，在這裡住上三個月，我保管你肚子就大起來了。」

白非索性把他當作瘋子，根本不去理他，然而腦海裡卻禁不住想到他：「看樣子他在這裡已困了不少時候了，他吃的是什麼東西呢？」須知那怪人先前吃的東西，也就是白非以後要吃的東西，他當然關心，到處望去，卻望不見有任何可吃之物。

他無聊的坐在地上，想做些調息功夫，一顆心卻怎的也靜不下來，過了一會，他才發現他肚子竟餓得厲害，他當然不好意思說出來，忍著餓，坐在那裡，可是這種生理的現象卻非人力可以控制的，白非的肚子竟咕咕的叫了起來。

那怪人還在唱著歌，白非希望他沒有聽到，哪知他耳朵奇靈，停住歌聲笑道：「你肚子餓得好快，剛進來肚子就餓了，我上次吃飯到現在的時候，起碼有你進來的時間一百倍長，到現在還沒有餓哩，我看還是等一會我們一道吃吧！」

白非不想起餓還好，此刻一想起來，肚子好像刀刮著一樣難受，口水一陣陣跑出來，又咽回去，肚子像是已被刮得兩邊穿洞了。

那怪人咧開大嘴笑著說：「你別急，等一會我做好菜給你吃。」他閉起眼睛來，緩緩說道：「香酥肥雞，脆皮鴨子，還有一大碗清燉火腿湯。」白非也不禁閉起眼睛來聽，口水出來得更快，眼前彷彿現出香酥雞和脆皮鴨的樣子來。

他不知道這怪人能從哪裡弄這些東西來，但卻深深盼望著他能快些弄來，他自慰地忖道：「也許他真能弄來，不然他肚子怎麼吃得這麼肥？」悄悄用眼睛一瞟，那怪人的肚子果然肥得厲害。

他又坐了一會，酸水代替口水流出來，那怪人卻仍在那裡哼著歌，一點兒也沒有弄香酥雞的樣，白非希望破滅了一大半，忖道：「他不過在說胡話而已，他能弄香酥雞，怎麼不設法自己跑出去？」暗歎了一口氣，後悔沒有吃過早點再來。

他閉起眼睛，迷迷糊糊的像睡著了。也不知過了多久，那怪人卻叫道：「小夥子，快起來，老爹要開始做香酥雞了。」

白非精神一振，腰也直起來了，那怪人卻嘻笑著道：「不過，你要先叫我一聲老爹我才做，不然——反正我肚子也不餓。」

白非氣往上撞，忖道：「我寧可餓死，也不叫你老爹。」轉過身子，面對著壁，不去看他，耳中卻聽得那怪人陰陽怪氣的說道：「你不知道，我做的菜可好極了，香酥雞又肥又嫩，用手一提往下直滴油。」他自己也禁不住咽了一口口水，閉起眼睛又道：「清燉火腿湯你吃的時候可要小心，小心把你的鼻子都鮮掉。」
白非越聽越難受，餓得眼睛金星亂冒，彷彿都是一隻隻香酥雞的影子，那怪人卻越說越高興，最後竟將這些話編進歌裡唱了起來。
白非長歎了一口氣，忖道：「反正他年紀這麼大了，我叫他一聲老爹也沒有關係。」回過頭去，老爹兩個字在他舌尖打轉，卻說不出口來。
那怪人又笑道：「快叫呀，叫完了我就弄雞給你吃。」白非閉起了眼睛，咬著牙，狠狠的叫道：「老爹！」
那怪人呀了一聲，卻說道：「這樣不行，要叫得溫柔一點，親熱一點。」
白非幾乎氣炸了肚子，恨不得一拳打過去，然而肚子嘰咕亂響，頭也有些暈了，四肢也發著虛，像是大病初癒。
「老爹。」他像蚊子一樣叫了出來，臉不禁發紅，立刻暗罵自己：「你是什麼東西，為了香酥雞就叫人家老爹。」
那怪人哈哈大笑著，站了起來，說道：「好，乖孩子，老爹替你做雞吃。」
白非眼睛直勾勾地望著他，卻見他暴喝一聲，雙臂一張，身形像是漲大了一倍，白非「刷」的也站了起來，凝神而立，他怕這怪人要對他有著什麼不利，心中對這怪人的功夫著實害怕，驚忖道：「他練的這是哪一門功夫？」

那怪人這一運氣，本來已是乾枯得打折的皮膚此時卻驀然漲了起來，皮膚像是有一顆顆彈丸在跳動般，悶哼了一聲，額上的青筋都暴了出來，白非更驚，這情形只有在內家高手臨敵時才會發生，此刻洞穴中除了他自己之外，卻只有白非一人，白非當然吃驚，他卻未想到，人家要是對他不利，十個白非都早已送了命，還會等到現在這麼費事。

那怪人猛的一伸手，居然已夠著洞穴之頂，伸手一掀，他竟將一塊方圓十丈的大石掀下，緩緩托了下來，額上的青筋越發明顯，白非看得目瞪口呆，這塊巨石重量何止千斤？這怪人不知用了什麼手法，卻能將它托了下來。

那怪人緩緩將巨石放在地上，白非只能貼壁而立，因這塊巨石幾乎占了洞穴大半地方，此時已天光大亮，秋日的陽光從洞穴的頂部照進來，白非看著這怪人的行徑，竟連逃走都忘記了。

那怪人放下巨石後，立刻喘了一口氣，身形稍微鬆弛了些，卻又馬上暴起，左手一張，閃電般的在洞穴頂部的側面一掏，右手手掌竟是揚掌待發的神色，驀然一聲暴喝：「出來。」一團金光燦然的東西被他抓在左手上。

白非神搖意馳，盯著怪人的手，那怪人兩隻精光炯然的眸子也緊緊盯在自己手上的那團金光燦然的東西上面，右掌微微又揚起一尺，似乎那被他抓在手上的東西極為凶猛，是以他不能不如此慎重似的，白非到這洞裡，還不到十三個時辰，然而他在這十數個時辰裡所遇到的奇怪問題，卻比他一生中還多，白非自幼即有神童之目，天資絕頂，然而此刻卻也不禁被這些像是根本無法回答的問題沖昏了頭。

「這怪人武功絕世，既能將此洞穴的頂部掀開一洞，卻為什麼不自己走掉，而在這個陰濕幽暗的洞穴裡被囚這麼多年？」

「這麼多年來，這怪人以何為生？他手裡拿著的是什麼東西？看他如此慎重的樣子，似乎雖然對這東西非常警戒，然而卻也將這東西看得極為貴重，這東西為什麼會對他這麼重要呢？」

異人異獸

白非百思不解，頭腦也無法來專心想著這些問題，鼻端突然嗅到一種奇異的香味。這種香味竟比他有生以來所嗅到的任何一種香味都令他神思，四肢骨骸像是越發沒有力氣。

昏慵中，他聽得那怪人驀然一笑，猛然從迷惘中驚醒了過來，須知以白非此刻的功力，在中原武林中已是頂尖高手，他如沒有這怪人的大笑聲，尚且被這香味所迷住，他豈能不驚，大駭忖道：「這是什麼香味?從哪裡發出的？」定睛一看，卻見那怪人已盤膝而坐，那團金光燦然的東西就箕坐在怪人盤坐著的兩條腿上，竟是一個白非從未見過的怪獸，怪得使白非又忘去了其他的一切，而緊緊望著它。

他以他的全部智力來思索，可也想不出此刻這雙眼射著碧光、全身披著金絲般的長毛的怪獸到底是哪一種野獸，也不知道這怪人和這種怪獸到底在弄些什麼玄虛。

漸漸，他鼻端香味越來越濃郁，濃郁得竟使他有些忍受不住了，他忍不住用手去堵著鼻孔，驀然，卻看到一物嘶的從這洞穴上面落了下來，落在那怪人和怪獸箕坐之地的旁邊。

他詫異的望了一眼，那東西雙翅微弱的撲動著，竟是一隻野雁，他心中更奇怪，哪知「刷刷」幾聲，又有幾樣東西掉了下來。

那也是幾隻已失去知覺的野禽，落在地上後，想是都已失去了振翅再起的力量，發著低低的哀鳴，像是自知已投入羅網了。

白非心中動念：「這些倒是極好的食物。」但是他卻想不通這些野禽怎麼會無緣無故的落了下來？抬頭一望，臉色不禁大變，原來在這洞穴露出天光的頂部上，此刻竟有數十隻野禽在飛動著，而且看樣子卻又是都快要落下去，牠們努力的撲動著翅膀，雖然想向上飛去，但這洞穴裡卻像生有一種極強烈無比的力量，在吸引著牠們落下來。

白非幾曾見過這等奇事，其實他現在只要一縱身，就可以掠出洞去，奇怪的是他此刻心中卻沒有一絲這種念頭，即使他有了這種念頭，他也會制止著自己不去那麼做的。

這其中有許多種原因，第一、他自忖身手遠不及那怪人，那麼逃還不是白費功夫？第二，這種奇人奇獸他不但沒有見過，就連聽也從未聽過，此刻好奇心大起，想將自己心中所思疑的這些問題一一求得答案，逃走的念頭倒反而薄弱了。

野禽落得遍地都是，那怪人哈哈一笑，又暴一長身，朝那異獸道：「香奴，今天又難為你了。」

那怪獸眼泛金光，忽然低鳴了一聲，全身金毛都立了起來，體積雖然小，然而神態卻威猛已極，周身不住蠕動著，似乎要脫手而去的樣子。

怪人雙手一緊，低聲笑道：「你想走可不成，老爹可還要靠你吃飯哩！」

怪獸碧眼微動，微吼一聲，白非只覺得耳旁嗡嗡作響，他想不透這怪獸小小的身軀怎能發出這麼大的聲音來？

那怪人呸的一聲，左掌在那怪獸身上猛的一掌切下，叱道：「你想造反呀？想再吃點苦頭是不是？」

那怪獸竟似懂得人語似的，喉頭低低嗚咽了一聲，身上倒立著的金毛柔順的落了下去。

白非眼睛都直了，卻見那怪人一長身，將那怪獸又放回原處，一彎腰，低喝道：「起。」吐氣開聲，竟將那塊巨石又舉了起來，一轉一擰，又嵌回洞頂，白非眼看滿地的野禽，像是做夢似的，若不是他親眼目睹，他怎會相信這般奇事。

尤其令他奇怪的是，這怪人既能掀開洞頂，卻為什麼情願在這洞穴裡受罪？

那怪人長長的出了口氣，坐在地上，像是非常疲倦的樣子，顯見得真力消耗過劇，喘息了片刻，才抬起頭向白非笑道：「乖孩子，老爹把雞鴨魚肉全給你弄來了，你怎麼還不吃呀？」

說著，他拿起一隻野雁，隨手扯去雁身上的毛，那雁尚是活著，不斷的掙扎，不斷的發著哀鳴，白非冷汗直冒，望著那怪人將一隻野雁生吞活剝的吃了下去，像是個無火時代的猿人，白非肚子雖餓，但吃東西的胃口卻倒光了。

那怪人笑道：「不敢吃是不是？」伸手拭去了嘴角流下的血，又道：「現在不吃，總有一天會吃的，我勸你還是現在吃了的好，這滋味可並不比香酥雞差多少哩。」他口中雖說著，眼中卻露出痛苦的神色，像是以往的那一段艱辛的日子此刻仍在他心中留著一條很深的創痕。

白非轉過頭不去看他，然而他咀嚼的聲音卻仍聽得到，這怪人的行動雖然使白非驚嚇，然而此時此刻他卻忍不住有向那怪人說話的願望，因為他有著那麼多問題要去問人家。

這樣也不知耗了多久，那怪人忽然淒然一笑，道：「小夥子，你一定認為老爹是個瘋子，明明可以將洞穴弄個大洞，怎的不跑出去，而喜歡在這裡受活罪是不是？」

白非心中忖道：「正是。」嘴裡可沒有說出來，轉過臉望著他。

卻見他緩緩站了起來，臉上已不再是嘻笑的神情，向白非招手道：「你過來看看就知道了。」

白非好奇心大起，走了過去，那怪人朝自己的足踝一指，白非定睛望去，卻見一根黑色的帶子自地底穿出，竟穿入他的足踝，又穿入地底，方才白非站在遠處時沒有看到，此刻一看，自家的足踝彷彿也覺得癢癢的，心中卻又奇怪：「這怪人武功深不可測，怎麼卻連這麼細細的一根帶子也弄不斷？」

「你一定又在奇怪為什麼我不弄斷這根帶子？」那怪人笑道：「你自己試試看就知道了。」

白非也就老實不客氣的俯下身，抓住那根帶子，猛運真氣，向外一扯，那根帶子非金非鐵，竟不知是什麼東西做的，白非運了十成力氣卻也扯不動，手卻被勒得隱隱作痛。

他這一驚更是非同小可，須知白非雙手上的力道此刻就是一條比這帶子粗上幾倍的鐵棒他也能扯斷，此刻他扯不動這帶子，自然大驚。

怪人卻笑道：「現在你知道原因了吧？」

白非雖點了點頭，可是心裡卻仍然是糊裡糊塗的，自從他進了這個洞穴之後，就一連串的看到了些怪事，在在都使他迷惑。

先是武功深不可測、詭異神秘的老人，再又是一隻滿身長著金毛、遍體異香能吸引飛禽的通靈怪獸，現在，這一根小小的黑色帶子，竟連自家這種內家真力都扯它不斷。

此刻那怪人問他明白了沒有，他也點頭說明白了，眼中卻不禁仍充滿了懷疑的神色。

那怪人又道：「小夥子，你跑到這鬼地方，一定自己覺得很倒楣，可是你知不知道天下武林中不知有多少人想到這裡來卻還無法進來哩。」

寰宇六珍

白非暗笑：「誰要是想到這種地方來，那他準是撞見活鬼了。」

那怪人「哼」了一聲，緩緩坐到地上去，又道：「就連邱獨行想進來這裡一步，也萬萬做不到。」

白非又一怔：「難道邱獨行天天跑到這裡來，就為的是想進來這鬼地方？難道他也瘋了？」

那怪人忽然閉起眼來，曼聲吟道：「靈蛇縛魂松紋劍，香奴通玄烏金扎。」

白非心頭怦的一動，這兩句似詩非詩、似詞非詞的句子，近數十年武林中雖已無人提起，但只要在武林中稍有閱歷的，幾乎都曾聽到過，白非年紀雖輕，這兩句話也只是聽他父親說過一次，然而在他心中所留下的印象卻極深。

原來這兩句話裡包含著六件天下武林中視為異寶的珍物，武林中人稱為寰宇六珍，只是見過這六件東西的人，本就極少，近數十年來，更是已經絕跡，哪知此刻這怪老人卻曼吟了出來。

怪人睜開眼來，似笑非笑地望著白非。

白非心裡怦怦地跳著，恨不得他趕緊說出下文。

哪知那怪老人卻岔開話頭，問道：「小夥子，你跑到這裡來究竟是為著什麼，是不是邱獨行那小子差你來探聽我老人家的口氣嗎？我看你功夫不錯，你師傅是誰？」

白非著急，卻不得不先將人家問他的話說出來，那怪人凝視了他一會，緩緩說道：「你可知道，寰宇六珍中你方才已經看到了兩樣——」

白非心中一動，忙問道：「可是香狸和縛魂帶？」

怪人長長歎了口氣，道：「為了這幾件東西，我犧牲了數十年美好的時光，唉——，縱然我有天下最珍奇的寶物，但我卻只能待在這種鬼地方，不能出去半步，那麼再珍奇的東西，於我又有什麼用呢？」

語氣之中彷彿滿含著一種自責、後悔的味道，就像是嫦娥後悔著自己偷了靈藥證了仙業，但青天碧海之中卻只是夜夜寂寞的那種味道一樣。

白非望著他，知道這怪老人的身世必定就是一個離奇詭異的故事，那怪老人又長歎了一聲，道：「小夥子，你年紀還輕，聽說你姓白，你可知道白化羽這個人？」

白非跳了起來，忙答：「那正是晚輩的先太曾祖父。」

怪老人哦了一聲，面上泛起一個淒惻的笑容，道：「我在江湖闖蕩時，也就是白化羽創立天龍門的時候，想不到他的灰孫子都這麼大了。」

白非更驚，須知白化羽創立天龍門已是百餘年前之事，如此說來，這怪人豈不是已有百十歲了？他不禁又望了怪老人一眼，囁嚅著說道：「老前輩……」他確定了這老前輩三字是唯一最適當的稱呼後，又接著道：「老前輩怎麼——」他困難的不知怎麼才能含蓄的說出他要說的話。

怪老人緩緩一笑，卻替他接了下去：「怎的會被人囚到這地方來是不是？」

白非輕輕點頭，老人才緩緩說道：「我自幼好武，長大了在江湖闖蕩，也闖了個不大不小的萬兒，那時候江湖上奇人輩出，我只是其中一個小卒而已。」他笑了笑，又道：「可是我機緣湊巧，卻遇著一位奇人，將我收為弟子，那時候我年紀輕，不懂事，不但不知感激師傅，竟將師傅所存的三件珍物偷了出來，那就是寰宇六珍中的香狸、縛魂帶和靈蛇秘笈。」

「我滿以為憑著這三件珍物，找個地方潛修幾年，便能成為武林第一人，哪知卻被師傅捉到，將我關在這裡，卻並不將那三件珍物收回去，並且說道：『無論什麼珍寶，都要看持有者的運用，不然，精鋼到了凡夫手裡，也和廢鐵沒有兩樣。』我本來不瞭解，但是師傅卻以縛魂帶穿入我的足踝深通地底，將我關在這裡，這麼多年，我才瞭解到這話的意思，可是——」他歎道：「可是已經太晚了。」

「頭些日子別的還好，只是餓得難受，幸好這香狸生具異香，能引百獸，我就利用牠的特性找食物。」他看了白非一眼，微笑道：「起先我也是不慣如此吃法，但肚子餓了的時候，不吃又不行，經過這麼多年，我倒習慣了。」

白非看了地上血汁狼藉的骨頭一眼，實在覺得無法吃下去。

那怪人卻又道：「我想偷逃，但是這縛魂帶據聞乃千年蛟筋所製，我怎麼也弄不斷，只好認命，也不知過了多少年，我雖然利用了這裡的陰濕之氣習成了靈蛇秘笈上的絕頂功夫，達到可以隨意運用先天之真氣的階段，但我卻被囚在這裡，永遠也走不了——」

白非接口道：「難道沒有法子嗎？」

那怪人一笑，道：「辦法雖有，但也幾乎無望，這縛魂帶天下只有一物可斷，那就是九抓烏金扎，但此物自兩甲子以前在川中大俠熊立信手上使用過之後就失去蹤跡，武林中再也無人見過，天下茫茫，到哪裡去找去？何況我無親無友，就是有，恐怕早死光了，叫誰去找？就算機緣巧合，日後此物能重現，到那時恐怕我的骨頭都朽了。」

他長歎一聲，白非也不免黯然。

「還有一法——」那怪老人又道。

白非連忙道：「是什麼辦法？」

「那就是若有人具無比神通，能將這塊地整個翻起來，解開昔年我師傅以無比功力在地下所打成的死結，只是普天之下，再想找一個有先師那般功力的人，恐怕已絕無僅有了。」

白非又默然，老人又道：「幾十年來，我在這裡待著，別的還好忍受，只是寂寞使我難忍，前些日子來了個邱獨行，我老人家還以為他是個君子，哪知他卻將我靈蛇秘笈騙了去，現在還天天來，想再騙我的香狸，哼，這次我可學了乖，無論他如何花言巧語，只要他一進這洞穴，我就叫他立斃掌下。」他臉上又露出一種奇異的光彩。

白非暗暗一凜，這身世詭異的老人在這種地方關了這麼多年，心理自然難免不正常，白非已在暗暗叫苦，他此刻正值及冠之年，正是如日方中的錦繡年華，怎會願意陪著這怪老人關在這地穴裡？

但此情此景，他卻別無選擇的餘地，也怨不得別人，這正是他自找的。

邱獨行的秘密現在已不再成其為秘密了，他武功精進，原來是得到了寰宇六珍中的靈蛇秘笈，他每天還要偷偷跑到這裡來，卻是因為他對這另外兩件珍物還有貪心。

這些曾被白非苦苦思索的秘密此時他已全部恍然，但他此刻的心情卻比以前更為紊亂，「慧妹該著急得要命吧？」石慧顰著黛眉的焦急神情，彷彿在他眼前晃動著。

他開始有些後悔自己的多事，雖然他此行見識了這些他前所未見的事物，但他望著對面這面容古怪的人，望著他所處身的陰暗潮濕的洞穴，想到自己可能在此度過十年、二十年或一生的時日，他覺得全身都起了一陣悚慄，有前所未有的恐懼。

怪老人垂著頭，發出夢囈般的低語，似乎在自責著自己：「常東昇呀常東昇，你雖然練成了絕世的武功，但逝去的日子卻永遠不會再來了，永遠不會再來了。」

白非聽得臉色發白，他未來的一生是不是也要像這怪老人一樣，在這墳墓般的地穴裡度過呢？

縛魂之帶

白非在耳畔喧嘩的水聲中似乎聽到一聲巨震，還有些另外的聲音，那和人們的呼叫聲非常相似，但是他卻並未能聽得十分清楚，也未十分在意。

他望了對面那怪人一眼，怪人低著頭，像是也滿懷心事，他覺得有些寒意，

「寂寞，的確是世上最壞的東西。」他暗忖著。

時間，在他的饑餓與恐懼中，也不知過去許久，白非有些朦朧的睡意，那怪人——常東昇動也不動的坐著，像是一尊石像，自遠古以來就未曾動過一動似的，垂死的飛禽低低的撲動著翅膀，流水的聲音在這洞穴裡聽來像是少女的嗚咽。

驀然——

白非的耳朵豎了起來，他聽到地道上有極輕微的腳步聲，於是他本能地醒了過來，這是多少年來的訓練所造成的。

他極為盼望此時有人來，無論那人是誰都好！因為這種寂寞而淒涼的景況使他受不了，於是他對這怪人強逼他留下來的行為有些不諒解，試想無論任何一個人在這種環境下度過幾十年，當他有能力留下一個人來陪伴他時，他是否會這樣做呢？

常東昇冷「哼」一聲，眼中倏然射出精光，道：「邱獨行來了。」他輕聲向白非說道：「你若能將他騙進來，我就放你出去。」

語聲中如刀的寒意使得白非打了個冷戰，他知道這怪老人必定對邱獨行恨入切骨，而邱獨行也必定做過一些使這怪老人恨入切骨的事，但是「放你出去」這四個字，卻又不免使白非心動。

腳步聲漸近，接著火光一閃，白非看到那狹小的洞口露出一個頭來，在火光中顯得異樣的蒼白，卻正是邱獨行。

邱獨行見到白非，也似乎一驚，那怪老人——常東昇卻冷冷說道：「你又來啦？」

邱獨行勉強的一笑，道：「常老前輩，你何必這麼固執，只要你老人家答應我的話，我擔保——」

常東昇又冷冷一笑，打斷了他的話，說道：「你擔保？邱獨行，你憑什麼擔保？我老人家還能相信你嗎？」他臉上的狠毒之色更為顯著，語氣中的寒意也更為濃郁。

「我若是早點知道你是個人面獸心的傢伙，我就不會被你點中穴道，被你偷去那本秘笈。」他又道：「我知道，你若不是怕那時功力不夠，降不住香奴，你不把牠也偷去才怪，現在我可認清了你，你再來騙我，可辦不到了。」

白非暗忖：「想來邱獨行以前亦是誤入此洞，像我現在一樣，被這怪老人困住，而他大概在裡面待了不少時日，乘這怪老人熟睡之際點了他的穴道，拿去了他的秘笈。」他不覺暗笑，這怪老人的秘笈原本是偷來的，此刻被人偷去，不是天經地義嗎？而這怪老人卻認為邱獨行是個人面獸心的傢伙，那麼他自己又該如何說法呢？

「人們對於自己的錯誤，遠比對別人的過失容易寬恕。」白非暗忖著。

卻見在洞外的邱獨行長歎了一口氣，說道：「弟子也知道你老人家在此寂寞，可是你老人家總不能叫我永遠在洞裡陪著呀？因此弟子在別無辦法中才點了你老人家的睡穴，弟子若是對你老人家有惡意，別的穴道盡是可點得的呀！」

常東昇又哼了一聲，白非站了起來，忍不住道：「邱大俠，難道就沒有一個辦法可以將他老人家救出去嗎？」

邱獨行又歎了口氣，道：「老實說，這靈蛇堡雖然是我所建，但這後園裡的林木和這些山石瀑布，卻在我來時已經有了。」

「二十年前，我孤身來此，發現此地，誤打誤撞的撞入這裡來，那時我心情甚為落寞，本有意和這位常老前輩久居此間，但後來——」他緩緩歎道：「我實在忍受不住這種生活，才逃了出去。」

白非瞭解的點了點頭。

「我當然也在為常老前輩設法脫困，但這縛魂帶竟被那位前輩異人以無比神通穿入地底，這些山石洞穴想來也是那位前輩異人所建，其中像是有著無窮奧妙，我苦研二十年，但是這其中的奧秘卻一點兒也沒有辦法識破。」

白非聽得入神，邱獨行又道：「而且這些山石看似普通，其實卻堅如金剛，普通刀斧竟砍它不動，我本想派專人來此伺候常老前輩，但他老人家又不肯，看來除了尋得九抓烏金扎之外，根本別無他法能使他老人家脫困。」

白非兩條劍眉緊緊皺到一起，卻聽得邱獨行又道：「因此這些年來我無時無刻不在探訪這九抓烏金扎的下落，現在總算稍有端倪，或可一借，但卻非得先將香狸取出一用。」他轉過頭向常東昇道：「你老人家卻不信任我。」

常東昇冷「哼」一聲，向白非問道：「你相信這人的話嗎？」

白非無可奈何的向邱獨行一瞥，他實在不知該怎麼說，沉吟了許久，忍不住問道：「那九抓烏金扎和這香狸又有什麼關係呢？」

「這香狸不但能體發異香，吸引百獸，而且牠的精血卻是天下女子的恩物，人只要能得著一滴，自身便也能體發異香，使接近她的男人心旌搖盪，不能自主。」

白非心中一動，忖道：「要是慧妹能得著一滴該有多好。」

「而那九抓烏金扎經過我多年探訪，卻是落在青海海心山絕頂上隱居的天妖蘇敏君手上，這天妖蘇敏君不但武功絕高，而且精通媚術，不知有多少武林豪客拜倒在她石榴裙下——」他眼中閃過一絲別人無法理解的光芒，又道：「她後來又不知從哪裡習得武林中久已失傳的駐顏之術，也就從此隱居了。」

白非大感興趣，問道：「後來呢？」

邱獨行緩了口氣，又道：「她自從隱居在青海海心山後，行跡更詭秘，又得到了那柄武林珍物九抓烏金扎，我雖和她亦是素識，但若去求她借用此物，她一定不肯，只是此人卻有一物可以打動她。」

白非道：「香狸？」

「對了。」邱獨行一笑道：「天妖蘇敏君自負容顏蓋世，習得駐顏之術後，更可永駐美姿，只是她生平卻有一件最大的憾事，那就是這美如天仙的美人竟生具惡臭，而且臭得非常厲害，天妖蘇敏君為此大概也不知流了多少眼淚，因此我若以香狸去和她交換烏金扎一用，她一定求之不得的。」

他講完了，白非才透出一口氣，暗忖：「江湖之大，奇人果真也有不少，只是誰都沒有辦法將他們一一見到就是了。」

常東昇「哼」了一聲，卻問道：「你可以斷定烏金扎是落在那女人手中嗎？」

邱獨行道：「當然。」

常東昇道：「你真的肯為了我的事跑到青海去嗎？我有點不大相信。」

邱獨行微微一笑，道：「弟子找她，還有些別的事。」

常東昇又哼了一聲，道：「你的話靠得住嗎？假如你將香奴拿去了，卻不將九抓烏金扎拿回來，那我老人家豈不又上當？」

白非連忙道：「晚輩也跟著邱大俠去，為邱大俠作擔保好了。」

常東昇道：「我又憑什麼相信你？」

白非胸膛一挺，朗聲道：「晚輩年紀雖輕，但卻從來未曾有說出來不做的話。」

常東昇瞪眼望了他半晌，又低下頭思索著，突然道：「香奴性子極烈，你們兩人能降得住牠嗎？」

邱獨行一笑，道：「這些年來弟子已將靈蛇秘笈裡的功夫學了不少呢！」

常東昇沉吟了半晌，喃喃低語道：「真的可能嗎？」這麼久已來，他對幸福的來臨已失去了等待的信心，此刻卻不禁心動了。

邱獨行又道：「弟子可以派一個人來，照料你老人家的飲食，你老人家放心好了。」

重見天日

白非從那洞穴中爬出來的時候，心幾乎欣喜得離腔而去，他和邱獨行前後在那地道上爬行著，不禁問道：「石慧可好嗎？」

「很好。」邱獨行一笑，又道：「這一天來，你沒有吃東西嗎？」

被他這一提，白非被方才那些值得興奮的事所刺激而忘記了的饑餓，此刻又立刻回到他身上來，他苦笑著稱是。

邱獨行哈哈大笑道：「我也是過來人。」

這一瞬間，白非覺得邱獨行已不似他以前所認為的陰沉，甚至有些可愛了。

漸將出洞，白非又問道：「常老前輩既然答應將香狸交給你，你怎的不拿回來？」

邱獨行笑道：「這樣拿怎麼行，我們到青海去也得過兩天，你不知道，靈蛇堡現在又是一團糟了。」

白非大驚問故，邱獨行說了出來，原來在邱獨行和司馬之等人往訪覃星的時候，邱獨行辛苦建立的靈蛇堡竟幾乎毀於一旦。

天赤尊者逃去的兩個弟子，在靈蛇堡四周秘密的排下三百二十九粒天雷神珠，以硫磺火箭射之，這三百二十九粒天雷神珠一齊爆炸的威力豈同小可？所以邱獨行回來的時候，靈蛇堡竟已變成一片瓦礫，剛剛傷癒的群豪，此次傷得有些比上次還重，連岳入雲的大腿都被炸傷了。

這種秘傳火器威力竟大得不可思議，邱獨行震怒之下，卻也無法可想，他憤怒地將此事告訴白非，白非卻暗暗稱幸，只要石慧沒有受傷，其他的事他卻覺得不在乎了。

兩人出了洞，邱獨行道：「也真難為你，怎麼找得到這裡的？」

白非一笑，又有些得意。

邱獨行卻又道：「出去卻比進來還要難些呢！」他從地上撿起那塊油布，眼光動處，卻又笑了起來，說道：「你就如此模樣出去嗎？」

白非臉一紅，這才想到自己身上的衣服，只剩下了一條犢鼻短褲，邱獨行將身上的長衫脫了給他，他又有些感激。

人類的感情往往都是在無形中滋長的，日後白非竟幫了邱獨行不少忙，這在邱獨行脫下長衫給白非的時候是並不曾想到過的。

邱獨行低喝道：「走。」

身形一起，油布一揮，一股極為強勁的力道竟使得那澎湃而下的瀑布突然中斷了一下。

就在這一剎那間，邱獨行和白非兩條身影像箭一樣的竄了出去，邱獨行雙臂翼張，手中油布帶動，發著呼呼的風聲，像是隻兀鷹似的一掠數丈，驀然在空中一轉折，腳尖找著一段在池水上浮著的枯枝，借著這一點之力掠到對岸。

白非此刻和人家一比，可就有些不及人家的那份瀟灑了，他對邱獨行的武功此刻方才有了初步的認識，不禁有些自愧不如。

靈蛇堡果然已不是先前的形狀了，寬闊的大廳已坍倒了一大半，平坦的練武場此刻已成了百十個沙坑，白非也有些感慨，卻聽得「呀」的一聲嬌呼，一條人影飛掠而來。

嬌嗔、埋怨，然而卻是無比的高興，是石慧見著白非時的表情，白非心裡更好像打翻了的糖罐子，其甜如蜜。

看著白非狼狽的樣子，石慧又不禁有些難受，悄悄道：「你瞧你，怎麼弄成這個樣子？」

司馬之等人也趕了過來，白非遂將此行經過說了，司馬之兩道灰白的長眉緊皺到一起，向邱獨行道：「獨行兄，沉沒百十年的寰宇六珍又將出世，看來沉寂多年的武林又要掀起一番波瀾了。」

他望了白非一眼，又道：「賢侄，你這一月來連獲奇遇，際遇之奇，竟不在昔年威震天下的幾位異人之下，只是你更該自勵。」

白非肅然受教，卻忍不住問道：「那位常老前輩年輩極高，竟和先太曾祖父是同輩之人，他老人家的師傅又是誰呢？」

司馬之沉吟半晌，道：「這些湮沒已百十年的武林異人，我們這一輩的已不大清楚，但天下異人太多了，我和你邱叔父雖然被稱為武林三鼎甲，但那卻是因為我們常在武林中走動而已，普天之下，武功勝過我們的異人，不知有多少——」

他若有深意地望了邱獨行一眼，又道：「據我所知，海外那些孤島上的奇人不說，中原武林的深山大澤中就有很多隱跡其中的高人奇士，就算那些武林中的成名宗派如崑崙、武當等近年來彷彿人材不盛，但派中的長者們仍然是各懷絕技，只是不輕為炫露而已，以你此刻的武功，在武林中雖已可稱為高手，但你若驕傲炫露，吃虧的日子還在後面！」

白非聽得凜然而驚，他自掌擊天赤尊者之後，心中多多少少有了恃才傲物的意思，少年揚名，這原是不可避免的事，此刻聽了司馬之的話，彷彿醍醐灌頂，頓感徹悟。

幾個女孩子都在七嘴八舌的討論著香狸和武林異人。

司馬之一笑，道：「蘇敏君已隱跡於青海了嗎？」

邱獨行蒼白的臉竟好像微微紅了一下，道：「這次青海之行，小弟並不想去，我看——」

他側臉向白非道：「我和司馬兄同去中原，你獨自上青海去，為常老前輩求得烏金扎，順便也替我傳封信給那天妖蘇敏君，以你的智慧、身手，再加上那足以打動蘇敏君心弦的香狸，你此行大概不會有什麼問題了。」

石慧卻插口道：「我也要和他一起去。」

樂詠沙噗嗤笑出聲來。

邱獨行微微含笑道：「有你同去，自然也好，只是到了天妖蘇敏君隱居的山腳之下，你卻切切不可上去，免得誤事。」

司馬之笑問道：「難道蘇敏君還是昔年心性，見不得別的漂亮女人？」

邱獨行微一頷首。

石慧的嘴卻嘟起老高，嬌嗔著道：「為什麼女人就見不得她？」

司馬之笑道：「你別擔心你的白哥哥會被別人搶去，蘇敏君今年至少也有四五十歲了。」

樂詠沙和司馬小霞又笑出了聲，石慧的臉不禁飛紅了。

靈蛇堡裡一片凌亂，岳入雲雖然傷腿，仍支著拐杖指揮徒眾在收拾著，的確是一個最好的首領人材，邱獨行讚許地望著他。

千蛇劍客此時，倒的確有了拋卻虛名，寄情山水，甚至隱跡的念頭，這念頭的生出，連他自己也覺得不甚相信，他暗地叮嚀岳入雲，每天送些吃食給洞穴中的常東昇，岳入雲跟隨邱獨行這麼多年，此時尚是第一次知道這個秘密。

至於白非，他的心情卻是無比的興奮，一月以來，他驟然進入武林一流高手的階段，前途更有許多充滿了刺激的事等著他去做，這年輕人的滿腔熱血與一腔雄志，像是都生了翅膀，振翼欲起了。

往青海去

庫庫諾爾湖位於青藏高原之東北部，為中國第一大湖，湖水青綠，冬不枯竭，夏不溢盈，水準如鏡，中原人士稱之為青海。

白非、石慧由定邊入關，越甘肅境，往青海去，他們帶著滿腔少年的熱血和一頭宇內第一奇獸——香狸，奔波往途，尋訪那在武林中豔名四播的天妖蘇敏君和削鐵如泥的九抓烏金扎。

一入甘肅境，高山峻嶺隨處可見，生長江南的白非、石慧，眼界自又一新，兩人雖然急著趕路，但並肩策馬，自然忘卻了許多奔波之苦。

過慶陽，渡烏連河，黃昏時分，他們到了平涼，白非拭了拭臉上的風沙，望了望胯下已疲憊不堪的馬笑道：「在此休息吧？」

石慧一笑，這些天來兩人情感與日俱增，刁蠻的石慧，在她所愛的人身側，變得柔順而溫婉了，少女的美，越發顯著。

兩人緩緩策馬入城，這一對立刻吸引了許多人的注目，青石板鋪成的路上，兩側是些雜物店鋪，入耳的俱是甘肅方言，他們一句也不懂，進了客棧，發現店夥計居然能說江南方言，不禁大喜，遂將一切事，全交給那個精明的店小二了。

夜間，兩人漫步而行，卻發現了一樁異事，原來這平涼城裡，道士特多，滿街俱是青衣藍袍的髻髮道士，最怪的是，這些道士不但身上大多佩著長劍，而且兩目左顧右盼，精光外露，見了石慧，居然作平視，一點兒也沒有出家人的樣子，卻像都是些綠林大盜。

白非惦記著關在客棧房間裡的香狸，石慧卻不肯回去，手裡拿著蘭州運來的瓜果，像孩子似的吃著，向白非撒著嬌，白非臉上雖然假裝著一本正經的樣子，心裡卻甜甜的。

平涼為隴東重鎮，夜市頗為繁盛，燈光輝煌，白非暗忖：「這些道士必定不是好來路。」他卻記著司馬之的話，不願多事，很想早些回去，但卻又拗不過石慧，只得隨著她滿街逛，這種女子喜歡逛街的天性直到今日仍未消滅，反而更盛行了。

石慧傍著白非，臉頰上微微紅暈，心裡覺得像是在春天似的，經過一間酒樓的時候，她居然拉著白非的手，要進去喝兩杯。

「明天還要趕路，喝什麼酒。」白非的喉嚨裡也癢癢的，可是他實在不願在這裡多耽誤。

石慧撒著嬌：「嗯，我要嘛！」

走過他們的人，卻含笑向他們注視著，白非臉紅。

石慧卻又道：「你陪不陪我嘛？」

突地，一個帶著不正經味道的笑聲在他們身側響了起來。

一人道：「他不陪你，我陪你好了。」

白非面目驟變，回首望去，隨著一股酒氣而來的是兩道頗不光采的眼光，而這些卻都是從一個藍袍佩劍、身軀瘦長的年輕道人所發出的。

白非大怒之下方想發話，石慧卻已嬌叱道：「你講的是人話還是放屁？」

那道人哈哈笑道：「娘子好潑辣的嘴。」

笑聲還不止他一人，原來在他身側還站著兩個佩劍的藍袍道士，面孔通紅，酒意醺人。白非大怒，這種又喝酒還當街調戲婦人的道士，他還是第一次見到。

石慧氣得粉面上宛如罩著一層寒霜，卻罵不出一句話來。

那瘦長的道士又笑道：「你怎麼不讓這娘子喝酒？喝了酒之後——」

白非忍無可忍，厲叱道：「住口。」

那三個道人似乎想不到這文質彬彬的年輕人會朝他們怒喝，齊各吃了一驚，酒也醒了兩分。

「你這廝倒真不識抬舉，道爺看得起你們，才對你們說笑兩句。」那瘦長道士冷冷說道，走上兩步，大有要將白非吃下去的意思。

石慧何時受過這種氣，叱道：「你要是識相的，就快些夾著尾巴滾——」

那道人又跨前一步，冷笑道：「不識相呢？」

白非冷笑一聲，手掌倏然平平上提，倏地一翻，著著實實在那道人臉上打了一下，那道人一聲驚呼，哇的吐了出來，鮮血之外竟還有三枚牙齒，這當然還是白非手下留情。

他這一出手快如閃電，石慧冷笑道：「再不滾，吃的苦就要更大了。」

那道人著了一記，頭被打得發暈，另外兩個道人卻變色道：「哪裡來的野種，敢在平涼鎮裡撒野！」

齊一出手，五指如鉤，向白非兩肩抓出，竟是正宗鷹爪功。

白非冷笑著，微一錯步，雙掌突分，帶著風聲分取那兩個道人。

那道人喝道：「居然還是練家子，怪不得這麼猖狂。」兩條手臂一伸屈，左手條然穿出，擊向白非的胸膛。

這兩人同時發招，同時出手，用的也是同一招式，掌風之間，頗見功力，但在白非眼裡，卻像是兒戲似的，身形一動，自他們兩人中穿了出去，雙肘微一外張，在那個道人的脅下輕輕撞了一下。

這兩個道人卻殺豬似的叫了出來，那邊石慧冷笑聲中，玉指如電，也點中了另外一個道人手肘間的「曲池」穴。

他們動手之處是在一個酒樓門前，此刻旁邊已站滿了看熱鬧的人，每個人臉上都帶著驚懼之容。

石慧叱道：「這種不濟事的蠢才也出來現世，快回去跟師娘多學幾年吧。」

白非拍了拍手掌，低聲道：「慧妹，我們回去吧。」

石慧望了蹲在地上的兩個道人一眼，輕蔑的啐了一口，和白非擠出了人群，逛街的興趣也沒有了，兩人回到店裡，店夥卻跑上來道：「方才有位道爺留下封信，說是要交給兩位客官。」

白非一怔，接過來一看，雙眉不禁皺了起來。

石慧問道：「什麼事呀？」

白非皺眉道：「果然麻煩來了。」他將手中紙條交給石慧，又道：「我真糊塗，竟未想到這平涼城鄰近崆峒山，滿街的道士，想必是崆峒門下呢。」

石慧哦了一聲，接過來一看，卻見那杏黃色的紙符上寫著一筆柳字：

「小徒承蒙兩位教訓，不勝感激，兩位身手不凡，必定系出名門，我崆峒僻處隴東，久未領教中原豪士身手，兩位如不吝賜教，貧道於後日清晨在崆峒山白雲下院恭候兩位大駕。」

下面具名是「浮雲子」。

石慧邊看邊走回房中，往椅上一坐，笑道：「想不到那幾個膿包居然還是崆峒門下。」

白非卻皺著眉道：「崆峒為中原五大劍派之一，怎麼出些這種不成材的徒弟？看樣子，這浮雲子也未見得是什麼高明人物，只是我們有急事要辦，這一來，卻又要耽誤些日子了。」

石慧立刻接口道：「可是我們非去不可，不去他們還以為我們怕了他們呢！」

這兩個心豪氣傲的年輕人，竟未將稱雄武林垂數百年的一大劍術宗派看在眼裡。

他們卻不知道，近年來崆峒派教規雖然不振，但卻仍未可輕視哩。

白雲下院

由平涼出城，西行數十里，便是道家崆峒派的發源地——崆峒山。

此時正值秋深，木葉飄落、群雁南渡、晨露未乾的時候，道上就緩緩馳來兩匹馬，走前的是個少女，穿著一身翠綠色的短衫，披著翠綠色的風篷，更顯得膚色如玉，兩隻眼睛清澈而明媚，一閃一閃地，卻又露出太多的嬌俏。

那少女望著前面寂靜的山巒，回頭向身後的人一笑，道：「到了。」

身後的那人劍眉星目，雪白的長衫隨著秋風飄飄而舞，神態顯得極為瀟灑而英挺，呆呆的望前面那少女的回眸一笑，眼光中充滿了柔情蜜意，低低說道：

「慧妹，你真美。」

前面那少女嚶嚀一聲，嬌聲道：「我不來了，你最壞了。」放馬向前跑去。那少年放聲而笑，笑聲清越而宏亮，在這靜寂的秋山中，散佈出老遠。這沉於幸福之中的一對男女，自然就是白非和石慧了。

山腳有些結廬而居的樵子山夫，白非將馬寄存了，旋然上山行來，秋風蕭索，他們卻絲毫也沒有覺到有什麼寒意，年輕的男女當他們互相愛著的時候，他們是永遠不會覺得寒冷的。

石慧輕輕倚在白非身側，悄語道：「以後我們也要找個這樣的深山，造幾間小小的房子，春天，我們可以看花開，聽鳥語，夏天的晚上，我們可以躺在草地上數天上的星星。」她幸福的一笑，又道：「秋天我們可以沿著鋪滿落葉的山徑散步——」

白非幸福地一笑，接口道：「冬天，我們可以關起窗子，躲在家裡吃火鍋。」

石慧「噗哧」一笑，撒嬌道：「你就會吃。」

白非如醉如癡，伸手捉住了她的手，兩個人幾乎都忘了他們此來是為著什麼的。

沿著山道蜿蜒而上，兩人一行到半山，石慧問道：「那個白雲下院在哪裡？」輕輕一皺眉，又道：「他們也不派個人來接我們，這麼大的崆峒山，叫我們到哪裡去找白雲下院去？」

白非也奇怪，暗忖道：「這浮雲子既寄柬叫我們上山，也該叫個人來接引呀！」遊目四顧，群山寂寂，連半個人影都沒有，秋風吹處，給這個道家名山平添了幾許蕭索之意。

驀然，隨著秋風送來幾聲鐘鳴，白非朝那邊一指，道：「我們過去看看，也許那邊就是白雲下院。」他哼了一聲，又道：「這崆峒派武功雖不高，架子卻不小，叫了人來，就這樣待客嗎？」

道側的樹林裡突然人影一晃，白非眼角動處，已自瞥見，方想喝問，哪知那人影卻掠了出來，單掌打著問訊，道：「貧道接待來遲，倒教兩位施主久候，尚祈恕罪。」

這道人身法快極，一晃而出，站在山路之中，白非忖道：「難道他在示威？」卻聽得人家話說得頗為客氣，再一看那道人，羽衣星冠，丰神沖天，年齡雖只有三十上下，但兩眼神光滿足，太陽穴高高鼓起，一眼而知，內功已具火候，而且態度安詳，像是個有道之士，遂也朗聲道：「道長太謙了。」

那道人笑道：「白雲下院就在前面不遠，兩位施主請隨貧道進去吧。」卻不施展輕功，在山道上緩步而行。

白非更對他起了好感，笑問道：「小可白非，請問道長法號？」

那道人微微一笑，似乎並未聽到過白非的名字，說道：「貧道知機，浮雲子就是貧道的二師兄，兩位施主朗如玉樹，神采照人，想必是高人子弟，少停見了二師兄，貧道必定代為美言幾句。」他微喟又道：「二師兄素來性暴，二位如能稍微容忍，化干戈為玉帛，豈不大佳？」

白非隨口應了，卻聽到石慧輕輕哼了一聲，知道她對這知機子的話頗為不滿，悄悄將她的手拉了一下，意思叫她不要如此，無論如何，這知機子的話總是一番好意呀。

轉過兩處山坡，前面一條小徑筆直地通向一處道觀，白非見那道觀紅瓦白牆，林木相映中鐘聲未絕，使這道觀染上了一種安詳平靜的氣氛，他暗暗忖道：「這大概就是白雲下院了。」

知機道人道：「容貧道去通報一聲，兩位施主在此稍候。」一跨步，人已出去丈餘，身形極為瀟灑。

白非笑道：「這知機道人的武功，倒的確比那三個蠢道士要高明多了。」

石慧冷笑道：「這崆峒山的排場倒大得緊。」

白非笑道：「人家也是武林一大宗派，當然有人家的規矩，慧妹，等會你可得老實些，不要犯孩子脾氣。」

石慧一撇嘴，道：「我偏要。」

兩人笑語間，觀中已走出十餘個道人來，一色藍布道袍，手裡卻都倒提著長劍，寒光閃閃。

石慧冷笑道：「這種名門大派是什麼東西，手裡拿著劍，欺負我們沒有見過嗎？」

白非也是勃然作色，哪知那群道人卻只看了他們一眼，沿著樹林一轉，向另一個方向去了，白非展顏一笑，忖道：「原來人家不是衝著我們來的。」

向石慧笑道：「看樣子我們真是走運，走到哪裡，都碰上有熱鬧好看。」

話聲完了，那觀門中又走出五六個道人來，其中一人掠前幾步，高聲道：

「兩位施主請到觀中待茶如何？」卻正是知機子。

知機道人

白非走前兩步，和石慧走到觀門前面，橫額四個泥金大字正是「白雲下院」。

白非心裡有些弄不清楚這崆峒派到底對自己是安著什麼心意，按說那浮雲子留柬定期，當然是隱隱含著要比劃的意思，可是這知機道人卻又客氣得很，並且請自己入觀待茶，難道這堂堂的崆峒派會把自己騙進觀裡去以多凌少嗎？

他向知機道人看了一眼，知機道人面上微微帶著笑容，白非暗忖：「無論如何先進去看看再說。」他自忖身手，向石慧低低說道：「慧妹，我們進去瞻仰瞻仰這名剎大觀的風采。」

石慧一笑，剛跨上一步台階，突然眼前劍光一閃，兩柄青鋼利劍交叉在她面前，竟擋著了她的去路。

石慧既驚且怒，白非也不禁面目變色道：「道長此舉是什麼意思？」緩步走上前去，突然出手如風，伸出右手兩指在那兩柄青鋼劍的劍脊上各自敲了一下，左掌一揮一帶，那兩柄劍竟齊斷了。

這一來隨著知機道人同時出來的幾個道士都發出一聲驚呼，方才拔劍攔著石慧去路的兩個道人，此時手裡捧著柄斷劍，愣在那裡，竟作聲不得，石慧冷笑道：「我說道長們，你們到底是安著什麼心？叫我們來的也是你們，現在卻又抽出劍來嚇唬我們，不准我們進去，我們可沒有得瘋病呀！」

言下之意，卻是我們沒有得瘋病，得瘋病的當然是你們。知機子怎會聽不出她的話中的酸辣之意？暗忖道：「這女子好利的口，這男子年紀輕輕武功卻不弱，方才那一手彈指神通竟已有了八分火候，看來必有來路，倒不可輕視了。」

於是他心中雖然不悅，口中卻笑道：「兩位這倒誤會了，此舉並非貧道故意刁難，只是這白雲下院數十年來從未曾有過女子進去。」

石慧冷笑接口道：「那麼道長方才又要我們進去，這又是什麼意思呢？難道——」

她話尚未說完，突地一個極為生冷寒冽的口音打斷了她的話，道：「意思就是叫你站在門外面。」

石慧神色大變，閃目望去，卻見觀內負手走出一人來，穿著青緞長袍，兩隻眼皮往上直翻，神情之倨傲簡直無與倫比。

石慧不禁怒道：「你是誰？」

那人鼻孔裡冷冷哼了一聲，眼睛看著天，像是根本沒有聽到她的話似的，石慧不禁更是氣往上撞，哪知知機道人卻接口道：「這就是我二師兄浮雲。」

白非看到浮雲子的這種神情舉止，心裡也不禁有氣，遂也故意裝著沒有聽見他的話的樣子，連眼角都不再向浮雲子翻一下，一拉石慧的手，說道：「慧妹，人家不讓我們進去，我們還不走等什麼？」

他用力的在鼻孔裡哼了一聲，使得浮雲子無法聽不到他哼聲中的輕蔑。

浮雲子向上翻著的眼皮朝白非一瞪，方待答話，哪知石慧卻已冷笑道：「非哥，我們偏不走。」她手朝浮雲子一指，又道：「這老道士不讓我們進去，姑娘我倒偏要進去看看，這崆峒山的道士廟是什麼了不起的地方，就不許女子進去，難道女子就瞻仰不得呂祖嗎？女子做道士的還多得是哩，神仙裡也有女子，何仙姑不就是女的嗎？」

她說話的聲音又嬌又嫩，然而嘰嘰呱呱、指手劃腳地說了一大篇，崆峒山上的道士倒有一大半沒有聽懂她所講的又快又脆的江南口音，瞪著眼望著她，白非聽到她這些話一出口，忖道：「慧妹又在惹麻煩了。」須知無論是任何一個人與宗派的全體為敵，無論如何總是件麻煩事，何況這宗派是中原武林五大宗派之一的崆峒派。

白非拉著石慧走，這意思就是說他雖看不慣浮雲子的猖狂，但也不願和崆峒派結下樑子，這一點，司馬之臨行前的話多多少少也給了他一些影響，是以他聽石慧出言不遜，心裡便有些嘀咕，哪知那些道士聽完了，除了眼睛睜得挺大、滿臉上帶著疑詫之色外，憤怒的表情卻一些也沒有。

哪知知機道人甚至還帶著些笑容，浮雲子朝他一瞪眼，道：「師弟，那丫頭在說些什麼？」

知機道人微笑道：「她說她想進來看看。」

白非恍然而悟，忖道：「這道人倒還不錯的樣子。」

這些念頭在他腦海中快如電光一閃，哪知就在這一剎那，石慧卻倏然一翻身，從觀門西側兩個像是在發著愕的道士的中間竄了過去，又倏然停頓在浮雲子身前喝道：「老雜毛，你話可要講清楚些，誰是小丫頭？」

原來浮雲子雖聽不懂她的話，她卻聽懂了浮雲子的話，竟興師問罪起來。

浮雲子兩條剛剛有些發白的長眉一立，厲喝道：「你罵誰老雜毛？」

石慧講的話，他聽懂的不多，這老雜毛三字，卻聽得清清楚楚，須知無論任何一省的方言，罵人的話總是先被人學會，也是最容易被別人聽得懂的。

此刻這白髮道人和紅顏少女面面相對，兩人面上俱是劍拔弩張的神色，石慧嬌喝道：「罵誰不關你的事。」

浮雲子瞪眼喝道：「我偏要管。」

石慧道：「你管不著。」

這兩人鬥起嘴來，哪裡像是武林中人架樑？卻像是頑童相罵。

白非暗笑：「慧妹真是小孩子脾氣。」轉念又忖道：「人謂崆峒派近年來人材凋零，果然不差，想當年神劍厲顎以崆峒掌教身分居臨天下武林，崆峒三絕劍名揚四海，那是何等場面，可是自從這幾大宗派互相爭殘之後，除了崑崙之外，都落得七零八落，堂堂崆峒派門下，五六十歲的人了，卻也還像個孩子似的。」他譏嘲中還有感慨，可是他還不知道這浮雲子竟是掌教的二師兄，在崆峒派中，地位僅次於掌門人玄天子的也只他一人。

知機道人望著他們，卻絲毫不加勸阻，其餘的那些道人想是比他們矮著一輩更不敢答腔。

浮雲道人越說越僵，一撇長鬚，氣得嘴中直喘氣道：「本來我還想查明你們的師長，將你們交回去，至於你們打傷崆峒弟子的事，看在你們師長面上，也許算了，哪知你們這兩個小輩竟如此不知好歹，道爺倒要替你們師長教訓教訓你們了。」

石慧呸的在地上吐了一聲，嗤之以鼻的說道：「少不要臉了，也不怕山上風大，閃了你的舌頭，在這裡盡吹牛幹什麼？」她回頭一望白非，道：「非哥，你要不要看我把這老雜毛的鬍子拔兩根下來？」自己也忍不住笑了起來。

白非方一笑，那浮雲子突一聲怒叱，朝石慧一掌劈去。

這一劈掌風顯勁，掌緣橫折肩胛，而且內力含蓄未盡，顯得這一著裡還藏有其他許多煞手，白非何等目力，一望而知，這崆峒道人性情雖幼稚，武功卻極老到，不禁跨前一步，密切地等候著。

崆峒一役

他只要石慧一個招架不及，或是再有崆峒道士出手相助的話，便立刻出手。

浮雲子一招出手，雖然未盡全力，但思量之間，已認為不難將面前這小姑娘劈飛了開去。

石慧冷笑一聲，伸左腳，踏奇步，搶偏鋒，右掌一圈一撇，消去浮雲子的來掌，左掌卻颼的後發先至，擊向浮雲子的右胸。

浮雲子大吃一驚，認得這是武當九宮連環掌裡的一招「木戰於金」，忙地撤臂扭身，喝道：「你是武當哪一位道長的門下？」

這幾大宗派經過那一次事變之後，大家都各個自危，相處得不知比以前好了多少，故浮雲子會有此一問。

哪知石慧像是根本沒有聽到，左掌緩緩下沉，右手一個雲手推出，卻是太極心法，浮雲子大喝一聲，道：「不管你這丫頭是什麼變的，道爺也要你現出原形來。」

他兩人動手極快，就這兩句話的功夫，兩人已拆了十數招，石慧身兼她父親石坤天與母親之長，武功學得極雜，輕功尤其佳妙，像隻穿花蝴蝶似的，圍著浮雲子飛舞，但幾十個照面一下來，石慧身形雖仍如電光打閃般的亂竄，但她早已心裡有數，這崆峒道人的身手，竟遠在天中六劍之上。

石慧一直將浮雲子崆峒派武功估計過低，她卻不知道，這種名門大派就算受過挫折，但百足之蟲死而不僵，無論如何，實力總是驚人的。

於是她更將壓箱底的本領都搬了出來，只是她內力根本就差，越是心急求功，收到的卻越是相反的效果，她心裡自然著急，希望白非趕快些出手幫她，但是白非卻一直不動手，她心中更氣，只是當著這麼多人的面，她不好意思叫出來而已。

哪知白非此刻也正處於客境，原來知機道人笑嘻嘻的走了過來，站在他旁邊，指點著道：「尊友真是好身手，竟和貧道這師兄數十年的功力戰了個平手。」明明是浮雲子已占絕對優勢，他如此說法，白非還以為他是存心客氣。

哪知知機道人又一笑道：「依閣下看，敝師兄和尊友哪一位將勝呢？」

白非沉吟了半晌，才勉強道：「不知。」

以他的關係，他怎能承認石慧一定會敗，這麼一來，自己上山之意不就全部弄糟，畫虎不成，反而像條小癩皮狗了，但以此刻動手的場面來看，石慧也萬萬不可能勝呀，因此，他只好說不知了。

知機道人神色不動的又一笑，卻道：「貧道也看不出來，看來還是只有等他們分出結果之後，才能知道誰勝誰負呢。」

白非微微點首，心中卻有數，暗忖：「這知機道人果然知機，好厲害。」

須知知機這一來，無非就是做好個圈套，讓白非跳下去，那就是在浮雲子和石慧沒有分出勝負之前，白非絕不能插手，除非白非承認石慧是輸定了。

而事實上，白非若不插手，石慧也是靠得住的輸定了，白非急得像是隻屋頂上的折翼之燕，雖然想飛，卻飛不起來。

他若是個小人，大可不顧一切的上去解圍，只要臉皮厚些就是了，但是他臉皮卻不夠厚，因此，他束手無策了。

浮雲子掌風越發凌厲，冷笑聲也越發變得尖銳而刺耳——

石慧香汗涔涔，連想看白非一眼都無法做到，她身形此刻可已透出鬆散來了，奇怪的是，好幾次她被震出了空門，但浮雲子不知是沒有看到抑或是別的用意，竟沒有乘此進擊。

她念頭一轉，心中突然一凜，忖道：「難道這老雜毛想這樣慢慢地拖累死我？」因為像浮雲子這樣的身手，是絕對不可能看不到像石慧方才所露出的那種空門，當然更不可能在看到對手的這種空門之後卻並不進擊的。

白非劍眉皺到一起，心裡也在想：「這老道有點不懷好意的樣子，一個出家人，心胸怎麼如此狹窄，想累死慧妹嗎？」

再兩個照面，石慧越發不濟，但她也是寧折毋彎的性子，雖然累得氣喘咻咻，但是卻仍然拚命抵禦，絕不肯服輸。

最令她難受的是，白非怎麼不出手救她？她腦筋一亂，內力更提不上來，刷、刷兩掌擊出，連方位都有些拿捏不準了。

這時候白非可沉不住氣了，他轉臉向知機子一看，方想說話，心中忽然一動，忖道：「我何不以其人之道還治其人之身呢？」

於是他一笑說道：「道長，你看令師兄和敝友果然勢均力敵。」他微一停頓，道：「是嗎？」

知機道人自然微笑頷首。

「只是兩虎相爭，必有一傷，讓他們這樣打下去，於你我都不好，何況——」他做出一副悲天憫人的神色來，說道：「令師兄年紀這麼大了，像這樣恐怕也會對身體有害哩。」

知機道人一愕，正想說話，白非卻搶著說道：「為了令師兄和敝友兩方面的利益，依小弟之見，十招之後，他們若仍未分勝負，就讓他們歇歇吧，兩虎相爭，說不定會兩敗俱傷了。」

知機道人無可奈何的苦笑著，忖道：「這年輕人竟也如此棘手。」

白非卻極為高興的笑道：「現在三招已過，再有七招他們若分不出勝負來，由小弟來領教領教道長的高招不也一樣嗎？」

知機道人極為客氣的點了點頭，心中卻暗罵：「你這小子，等會我倒要看看你手底下的功夫可有你嘴皮上厲害？」

白非眼睛看著石慧的動手，心裡比誰都緊張，他原以為石慧定可再接浮雲子一招，他也以為浮雲子既想拖累死石慧，當然不會只是十招、八招間的事情就解決的。

哪知此刻浮雲子一掌「撥雲見日」，左手擋著石慧的一掌，右手劈去，雖是輕飄飄的一無勁力，更無掌風，就像假的一樣。只是石慧身子像是突然跌了下去，連這樣一掌都無法接。

白非暗暗叫苦，這樣子十招之內，石慧也許不要別人打，自己就先倒下去了，他有些奇怪石慧怎的此刻內力如此不濟？在鬥天中六劍時，他倆曾聯手過，那時他記得石慧的功夫不止如此，現在卻又怎會變得這樣呢？

他忍不住又跨上兩步，只要石慧一倒，他就不再顧什麼勝敗，決心將她換下來，他極為焦慮的搓著雙手，像是不知怎麼樣才好的樣子。

「方才她若讓我先上多好，那一定可以將崆峒山的道士們震住，可是她又好逞強，我接替她，她還也許不高興哩。」

白非的這種想法倒確非過甚，石慧的確有著這種脾氣的。

白非兩隻眼睛瞬也不瞬，石慧步子竟晃了起來，浮雲子嘴角突然掛起一絲冷削的笑容，雙手一立，緩緩向外推出。

白非大驚，他知道就憑這種掌風，就可將石慧震在地上，而根本不需要掌緣觸及身上。

於是他再無考慮的餘地，身形微挫，準備猛一長身，便要出手了，哪知卻在他身形將起未起的這一剎那裡，突然一聲慘呼——

浮雲子的身手倏然跳起丈許高，雙手發狂的亂動著，慘呼連連，像是撞著鬼一樣。

他落下來時，崆峒道人也俱都神色慘變，朝他圍了上去，就連白非也不禁悚然動容。

第七章　急轉直下

玉面天鳶

石慧闖入白雲下院，和崆峒掌教的二師弟浮雲子動起手來，正自不敵，白非眼看她已要被傷在浮雲子的一雙鐵掌之下——

哪知浮雲子突然慘呼一聲，躍了起來，掙扎著又跌到地上，崆峒道士群相失色，一擁到前面去，卻見浮雲子倒臥在地上，面色煞白，左右雙肩，各有個酒杯大小的傷口，仍在汩汩往外流著血水。

白非當然也趕到前面，看到這情形，亦是大為驚異，抬頭一望，卻見站在對面的石慧亦是滿臉驚疑之色。

浮雲子受了這麼重的傷，當然暈過去了，知機子走上一步，蹲下來檢查他師兄的傷勢，然後站起來，冷笑著說道：「這位姑娘果然好功夫，神不知鬼不覺的就下了辣手，姑娘請稍等一等，我相信此刻敝教上上下下沒有一個不想瞻仰姑娘風采的。」

說完了，他也不等石慧答話，就轉過頭向一個道人耳語了幾句，那道人奉命走了，他又扶起他師兄的身體，替他點了穴道止住了血，又輕輕地推拿著，石慧、白非一東一西的站在旁邊，都在發著怔，心中都有心事。

「這是怎麼回事？這老雜毛怎麼會突然受了傷？」她望了白非一眼，忖道：「也許是非哥在暗中所施的手腳吧。」正巧白非也在望著她，於是她就倩然一笑，表示著自己的心意。

「她笑了。」白非忖道：「想不到她還有這一手，連我都沒有看出來她怎麼讓這老道受的傷。」但他卻又不無憂慮：「可是這麼一來，我們可真跟崆峒派結下深仇了，這老道非但傷勢不輕，而且看樣子筋骨還可能斷了，要殘廢。」

他兩人互相猜疑，誰也沒有想起做手腳的另有其人，因為誰都認為沒有這種可能，崆峒道人一個個狠毒的望著石慧，可是沒有命令，他們卻也不敢在崆峒山上貿然動手，也不敢像他們在山下時那麼猖狂，崆峒派教規雖不嚴，但名門大宗，總還有他氣勢不同之處。

驀然——

白雲下院進門的大殿之後傳來幾聲極清越而高亮的鐘聲，鐘聲劃破了秋日清晨的寒風，在這深山裡傳出老遠。

白非眉頭一皺，此刻他當然不能走，但留在此地情況也是尷尬，知機子冷笑著抬起頭來掃目一望，目光敏銳地在白非臉上打了個轉，然後停留在石慧臉上，冷冷說道：「兩位身手都不凡，想必都是高人之後，可是兩位若憑著這麼點道行就想在崆峒山撒野，那也未免將我崆峒派看得無用了。」

他忽然仰天而笑，笑聲裡，悲哀、蒼涼的味道使人聽了有說不出來的不舒服。

石慧氣鼓鼓地說道：「動手過招，失手傷人算得了什麼？你幹什麼這樣緊張，怕受傷就不要打架好了。」

知機子慘然一笑，道：「對極了，怕受傷就不要打架。」他目光像刀一樣的盯到石慧臉上，寒聲說道：「可是姑娘這種發暗器的手段也算不得光明磊落吧！姑娘既然做了出來，那事情就好辦了。」他又冷冷哼了幾聲，顯是此事已無善了可能。

石慧知道自己絕沒有用暗器，可是她卻以為這暗器是白非發出的，是以她也不否認，只是奇怪白非為什麼不出手卻用暗器？因為這似乎不是白非往日的行徑，而且白非也似乎不用暗器的呀！

白非卻在暗忖：「慧妹也是的，怎麼胡亂就用了這麼惡毒的暗器，唉！事已至此，看來此事只有用武力解決了。」

直到此時，知機子雖然說了這麼多句話，白非卻始終未曾開過口，這因為他也覺得石慧用暗器有欠光明。

是以他只好不講話，知機子得理不饒人，又冷冷說道：「兩位今日若不還出一個公道來，只怕今日很難走出這白雲觀了。」

石慧忍不住也冷笑了一聲，說道：「那我看倒未必吧。」

話聲方了，白非突喝道：「慧妹快閃開。」

石慧一驚，不知道是怎麼回事，方想掠開，哪知頭頂上突然像是被人動了一下。

她更驚了，一擺腰颷的掠前數步，站在白非前面，回頭去望，卻見一個長身玉立的壯年道人的手裡還拿著自己頭上所戴的一朵珠花，正是嘻嘻的說道：「女娃嘴裡老是講些不好聽的話，太不好，太不好，以後要改掉才行。」

石慧嚇得不禁出了一身冷汗，緊緊站到白非旁邊，她自幼習武，耳目不可謂不靈，可是這道人來到她背後，拿了她的珠花，她卻不知道，若此人拿的不是珠花，而是她的腦袋，那麼——

她越想越心寒，方才認為崆峒派裡不會有什麼好角色的話，此刻早忘得一乾二淨，站在白非旁邊，也不凶了，也不罵了。

女人就是如此，當她們知道自己已失敗時，她們就會乖乖地接受男人的保護，撒嬌、鬥氣、逞強這些都不會再現了。

那道人足足比別人高一個頭，羽衣星冠，面白無鬚，也只有三十上下，乍眼望去，只覺得他丰神沖夷，簡直有些純陽真人的樣子，再仔細望去，卻覺得他笑意裡有些說不出來的味道，而這種味道卻是純陽真子三戲白牡丹時才有的。

這道人緩緩踱到知機子身側，臉上帶著那種似笑非笑的懶洋洋的味道，問道：「二師兄怎地，傷重不重？」

知機子抬頭看了看他，道：「還好。」語氣中竟非常缺少尊敬。

那道人也不在意，又緩緩踱到白非和石慧身側，上上下下的打量著他們。白非說不出的厭惡，皺著眉瞪了他一眼，他也無動於衷，臉上依然是那副神色，又轉過頭問道：「二師兄的傷，就是這小姑娘出的手嗎？」

知機子「嗯」了一聲。

「看不出你功夫還蠻不錯呢。」他再回轉頭，向石慧笑道。

石慧不知怎麼，只覺得他的眼光好像一直看到自己衣服裡面，趕緊又靠近白非一步。

那道人哈哈笑了起來，來來回回地走著。

白非奇怪：「這道人既是崆峒派的弟子，可是怎麼對浮雲子受傷一點兒也不在意，還直笑，而且他輕功像是極高，功力遠在浮雲子之上，卻又叫浮雲子為師兄。」

白非想不明白，就不去想，抬頭一望，卻見這白雲下院四周已聚集了百十個道士，手裡都拿著長劍，目光都瞧著自己，目光中都帶著冷冰冰的味道，白非暗叫一聲，麻煩來了。

這些崆峒道人在白雲下院四周站著，也不說話，也不動，只有那長身玉立的道人來來回回的走著，忽然又在石慧面前停了下來。

白非目光一凜，又瞪在他臉上，他卻像是沒有看到似的，只對石慧笑嘻嘻的說道：「女娃娃，你看看這麼多人都是來抓你的，你怕不怕？」

他望著石慧直笑，石慧又羞又怒，火最大的卻是白非，怒喝道：「你少說廢話。」

他卻也像沒有聽見，又笑道：「你要是怕，就拜道爺我作師傅，我保險你什麼事都沒有了。」

石慧氣得狠不得他立刻死掉，可是他的那種笑容，卻又使得石慧一句都罵不出來。

白非更怒，望了石慧一眼，卻見她臉紅紅的，想到以前她罵人的樣子，現在這道人如此說她，她對他仍不罵，白非氣得一跺腳，忖道：「你默然情願被人這麼說，我又何必多管閒事！」

那道人更得意地笑了起來，指著自己的鼻子說：「我就是玉鳶子，玉鳶子就是我，女娃娃，你可要記住喲。」他說話時永遠帶著那種懶散的笑意，笑意中卻又有些那種春天在屋頂上叫著的野貓的意味——也許比叫春的貓還顯著些。

「玉鳶子！」白非念頭一動，突然面罩寒霜，刷的掠了過去，那玉鳶子倒也想不到這少年有如此身手，也吃了一驚，往後退了一步，道：「這位施主可是也想找個師傅吧？」

白非冷笑一聲，道：「想不到，想不到，想不到讓我在這裡碰到武林中鼎鼎有名的道家名劍手『玉面飛鳶』史長青。」

崆峒掌教

「你也知道我的名字？」那道人得意地笑著道。

白非笑聲裡寒意更濃，又道：「閣下在中原武林中，真是人人皆知的大人物，何況是我？」他笑聲一頓，又道：「家父昔年皆告訴小可，以後闖蕩江湖，平時必須留情，替人留三分活路，只是碰——」

他故意拖長語音，果然看到玉鳶子臉上已有難看的神色露出來，於是他冷笑一聲，又道：「若是碰見閣下，卻必是要早些送閣下到西天去，因為閣下如多留一日，世上就可能多有一個女子要被玷污，就像閣下以前姦淫自己的嫂子一樣。」

這玉鳶子亦是崆峒掌教的師弟，此刻當著這麼多崆峒弟子，被人說得如此，按理說他應該暴怒才合乎原則，哪知他聽完了這些話之後，本來有些怒意的臉，此刻反而恢復了那種似笑非笑的神色，噓了一口，用眼睛飄著石慧道：「女娃娃，你聽見沒有，你的朋友吃醋了哩。」

白非忍不住臉微紅，他確實有些醋意，只是在聽到這道人就是玉面飛鳶後，他的醋意立刻變成怒火，憤怒與嫉妒原本不就是最親密的朋友嗎？只是白非此刻的憤怒卻並非基於嫉心，而是他猝地出乎正義和玉鳶子此名所表示的意思。

原來這玉面飛鳶竟是武林中近十年來最令江湖中俠義之士痛恨的人物，因為他是個飛賊，偷的不但是人家的財物，還包括了人家家中閨女的貞操，有時，甚至連她們的心都偷去了，因為處女貞操和心往往是連在一起的。

採花，是武林中正直之士所最不恥的行為，這玉面飛鳶自然也成了武林中正直之士所最不恥的人物，幾乎人人都欲誅之而甘心，可是他武功甚高，輕功尤高，人又滑溜，別人竟莫奈其何。

這玉鳶子此刻睥睨作態，根本沒有將白非罵他的話放在心上，他雖也是崆峒弟子，但武功還另有人傳授，就連本門掌教對他亦不無忌憚，至於別人的態度，他自然更不放在心上。

此刻白非怒火更盛，厲叱道：「今天我若不叫你這個淫賊納命，我就不姓白。」

說完身形一動，快如雷電。

玉鳶子平日自負武功，總是一派大宗主的樣子，此刻只覺得眼前一花，已有一股冷風襲向前胸「期門」穴，他這才大吃一驚。

這種和隔空打空相近的指風，經白非這輕描淡寫的一使變得極為驚人，玉鳶子驚異之下，甩肩錯步，向左一擰身，右掌刷地擊出，守中帶攻，身手不但快極，而且極為瀟灑。

白非冷笑一聲，並沒有將這已可在武林稱雄的一招放在眼裡，指風搶出，竟在一招之內連點了玉鳶子「肩貞」、「曲池」、「軟麻」三處大穴，更是一氣呵成，曼妙自如。

白非這一出手，知機子才變了顏色，須知他也是此刻崆峒派中號稱九大劍仙的一人，自然識貨，不禁暗忖：「這年輕人竟會有如此武功！」心中一動，想到另一件事，雙眉更是皺到一處。

玉鳶子連連倒退，忽然喉間彷彿低低地呻吟了一聲，身法大變，舉手投足間都變得軟綿綿的，像是一個思春的少婦在打著自己不能同情的丈夫，而且喉間那促似呻吟卻又並不痛苦的呻吟，他連續不斷的發著，更象徵著某一種意味。

這種武林中誰也不曾見過的身法，果然也使得白非大吃一驚，覺得這玉鳶子的招式竟有說不出的難對付，而且他招式中所隱含的那種意味，更使白非說不出的難受。

不但白非如此，崆峒山的道士們的表情更糟，石慧此刻只覺得希望有一間靜室，讓自己和白非在一起，其他的事全不在意了。

白非和玉鳶子這一動上手，光景可和石慧和浮雲子的大不相同，白非不僅焦躁，他再也想不到在崆峒山上會遇到這種人物，更想不到天下掌法中會有這種見不得人的招式。

三五招一過去，玉鳶子發出的聲音簡直就像是一個天下至蕩的婦人久曠之後遇到一個男人時所發出的那種聲音。

白非劍眉深皺，驀然喝一聲，全身骨節大響，竟是達摩老祖《易筋經》中的「獅子吼」，他殺機已現，存心要這人妖命喪當場。

玉鳶子的呻吟聲果然低微了，但仍不斷的發出來，白非掌風如山，每一掌都內含著足以開山裂石的力道，驀然——

一個洪鐘般的聲音響起，一個人朗聲說道：「什麼人敢在呂祖殿前動武，還不快給我住手。」聲音之響亮，是每個字都生像是一個大鐵槌，一下下敲到你耳膜上，使你的耳膜嗡嗡作響。

白非和玉鳶子都倏然住了手，卻見一個高大威猛的道人大踏步走了過來，兩道濃眉像是柄劍，斜斜插在炯然有光的眼睛上面，獅鼻虎口，膚色裡透出亮晶晶的紅色，鬍鬚像鋼針似的插在上面。

這道人一走過來，崆峒道人們臉上都露出肅然之色，玉鳶子也收起了他那種似笑非笑的神色，居然垂首合掌起來。

白非、石慧暗忖：「此人在崆峒派中地位一定甚高。」他們卻未想到，這高大威猛的道人，就是西南第一劍派的掌門人崆峒玄天子。

這玄天子目光似電，先在玉鳶子臉上一掠，然後便掃向白非、石慧的臉上，朗聲說道：「兩位施主就是和敝派過不去的嗎？」

說話口吻完全是武林豪士作風，哪有一絲出家人的身分？

白非冷然望著他，並未說話，石慧卻道：「是你們崆峒派要和我們過不去，我們還有事，才不想招惹這些麻煩呢！」

玄天子望了她幾眼，突然仰天長笑，道：「這位女施主年紀輕輕，卻想必一定是高人門下。」他突然臉色一整，說道：「只是你的師長難道沒有教你說話的規矩嗎？十年來，江湖上無論是什麼成名露臉的人物，到我這崆峒山來，還沒有人敢像你這樣對我說話的。」詞色之間，咄咄逼人。

白非、石慧互相交換了個眼色，此刻他們心裡已猜到幾分，這道人就是崆峒掌教。事已至此，白非心裡才有些作慌，方才他和玉鳶子交手數十個照面，雖似占了上風，但究竟也未能將人家怎樣，看來這崆峒派倒也不可輕視。

「那麼今日之事，該是如何一個了局呢？」白非不禁有些著急，但是他卻不能將心中所思量的事露出來，表面仍然是若無其事的樣子。

石慧卻沒有這麼樣的鎮靜了，她似乎隨時準備著出手的樣子，玄天子瞪了她幾眼，突然聽見暈迷中的浮雲子發出呻吟之聲。

他濃眉一皺，走了出去，向知機子問道：「二師弟的傷勢如何？」

知機子皺著眉道：「彷彿筋骨已斷，小弟不敢隨便移動，受傷之處，血脈雖已經止住，裡面的暗器，小弟卻不敢拿出來。」

玄天子哼了一聲，道：「這麼狠毒的手法。」突然疾伸雙手，在浮雲子左肩的傷口兩邊一按，一個金光燦然的彈丸突然跳了出來，他右手食中兩指一夾，將那彈丸夾在手上。

「好闊氣的暗器。」玄天子鐵青著臉，將那暗器攤在手掌上，白非、石慧心中各自一動，都望了對方一眼，因為他們知道彼此都沒有這種暗器的呀！心中不禁更大惑不解起來。

「你姓萬？」玄天子眼光逼人的望著石慧。

石慧卻淡淡的一搖頭。

玄天子神色又一變，道：「你從哲里多來的？」

石慧又一搖頭，忖道：「這道士怪問些什麼？」

玄天子目光像利刃般的盯在石慧臉上，冷笑道：「你把我玄天子看得也太不懂事了，普天之下，用黃金打造的暗器，除了湖北平江的萬家堡和青海通天河邊的哲里多的齊青寨中的人物，還有誰用得起？可是你若想憑著這兩家的聲名就來此崆峒山撒野，我玄天子可還是不答應。」

「黃金打造的暗器！」石慧更驚疑，又望了白非一眼，卻見白非臉上正露出一個奇怪的表情。

金彈之來

「其實，這兩家與我倒都有些淵源，無論你們從何而來，我看在你們師長的面上，也該從輕發落。」玄天子朗聲道：「只是你們年輕人做事太狂，竟無端用暗器傷了我師弟，又在這白雲下院裡撒野，我雖存著此心，但輕輕易易放了你們下山，豈非折了崆峒威名，你兩人若是知機……」

他人雖長得高大魁偉，說起話來卻有些婆婆媽媽的，石慧不耐煩的一皺眉。

玉鳶子在旁接口道：「這兩個後輩猖狂已極，非教訓教訓他們不可！」

石慧冷笑道：「應該教訓的是你。」

玉鳶子冷森森一聲長笑，道：「好，好，好。」

他話尚未出口，玄天子亦接口怒道：「這種不知禮教的後輩，我也容你不得。」

白非冷言旁觀，看到這崆峒派竟有些亂糟糟的樣子，掌門人也全然沒有一派宗主的樣子，不禁有些好笑，但他對玉鳶子的武功卻又不免驚異。

他自忖身手，對付這些崆峒道人，勝算自是極少，唯一的辦法，就是一溜了之，在這種對方人數超出自己太多的情況下，白非認為即使溜走，也算不得是什麼丟人的事。

他既有成竹在胸，面上越發安詳從容，石慧見著他這副樣子，也大為放心，這兩個出道江湖不久的年輕人，在如此許多高手的環伺之下，仍然是一派篤定泰山的樣子，倒將那些怒火沖天的崆峒道人看得個個都不知他倆在弄什麼玄虛。

這就是人類的劣根性，當他們的敵人越鎮定時，他們自己就越不鎮定。此時，他們之間的情況是非常微妙的，完全占著優勢的崆峒道人，反比劣勢中的白非和石慧緊張得多，一時竟沒有舉動。

驀然，觀外又跑進十幾個道人來，白非側目望去，看見好像是方才由觀內出去的那十餘個提劍道人，方才在他心中轉過的念頭此時又動了起來：「難道還有什麼別的人也在此山中生事嗎？」

進來的道士看到玄天子也在此處，似乎吃了一驚，其中為首兩人走了過來，躬身道：「大師兄怎麼也下來了？」

玄天子鼻孔裡哼了一聲，道：「那個小賊抓著了沒有？五師弟，你輕功一向最好，這次難道又將人追丟了？」

那道人名凌塵子，在崆峒九大劍仙中輕功素來不錯，此刻聽了玄天子的話，臉卻不禁紅了起來。

白非在旁一皺眉，暗忖：「哪有師兄這樣說師弟的？」他卻不知道凌塵子和先前那道人知機子在崆峒派中最為正派，平日與師兄弟們相處得卻不甚和睦，反而和那脾氣古怪的浮雲子比較投緣些。

凌塵子低下頭去，另一個道人卻道：「我和五師兄帶著十來個弟子將崆峒山搜了一遍，一個人影子也沒有看見，那廝昨晚來此騷擾，此刻恐怕早就走了吧。」他望了白非和石慧一眼，又道：「這兩人是誰呢？」突然面色一變，道：「二師兄怎麼了？」目光再掃回白非和石慧身上時，已換了一種看法了。

凌塵子看到浮雲子受傷，也吃了一驚，趕過去，玄天子卻將那金彈丸交給說話的那年輕道人，道：「你看看這個。」

那道人叫明虛子，是玄天子最小的師弟，接過金彈丸只看了一眼，就搖頭道：「不知道。」目光有意無意間卻飄向玉鳶子。

玉鳶子神色果然一變，故意裝出咳嗽的樣子，低下頭去。

這幾個道人的一舉一動，都沒有瞞過白非的目光，此刻他心中又一動，走到石慧身側悄悄問道：「這暗器不是你發出的吧？」

石慧愕然搖頭。

白非臉上露出喜色，突然朝玄天子當頭一揖，朗聲道：「道長派中好像另有他事，小可也不便打擾，想就此告辭了。」

他此話一出，石慧卻不禁愕了一下，崆峒道士更以為他有了神經病，玄天子怔了一下，才怒道：「你想走，可沒有這麼容易呢！」

白非笑嘻嘻的又道：「小可為什麼走不得呢？」

玄天子越發大怒，氣得說不出話來，玉鳶子緩緩踱上來，道：「你在本山傷了人，要走的話，先得當眾磕三百個響頭，還得吊在樹上打五百皮鞭，要不然，道爺就得在你身上留下點記號。」

白非咦了一聲，故意裝出茫然不解的神色來，說道：「誰在山上傷了人？」

玄天子大怒喝道：「你還想賴！」

玉鷰子慢條斯理的一擺手，道：「不錯，你是沒有傷人，你的朋友卻傷了人，你要想走的話，一個人走也未嘗不可。」說話時，眼睛卻在瞟著石慧，意思好像是在說：「你看，你的朋友要撇下你了。」

石慧心裡有氣，卻也不禁奇怪白非的舉止。

白非笑了一下，卻道：「非但我沒有傷人，我的朋友也沒有傷人呀。」

石慧恍然大悟，連忙道：「這暗器不是我打出來的。」

玄天子怒道：「你們想賴，可找錯人了，這暗器不是你發出的，是誰發出的？」

白非笑嘻嘻的一指玉鷰子，道：「這個，你要問他才知道。」

他極為仔細的注視著玉鷰子的表情，玉鷰子面上果然吃驚的扭曲了一下，但是立刻又以憤怒的表情來掩飾自己的驚恐，並且大聲喝道：「胡說！」聲音中，卻已有不自然的味道。

這一來，局面急轉直下，這幾個道人沒有一個不在驚異著，只是有些人驚異的原因和在場的其他大部分人都不相同罷了。

玄天子用眼角去看玉鳶子的表情，知機子和凌塵子根本就瞪著眼看他。明虛子掠前一步，大聲喝道：「師兄和這種小子多嚕嗦什麼，快點把他們結束了，不就完了嗎！」手腕一抖，竟將背後斜插著的長劍撤了下來，「刷」的向白非剁去。

這一劍來勢頗急，白非也確實吃了一驚，他萬萬想不到這明虛子竟然敢動手，身形一動，方自避開，卻聽得鏘然一聲長吟，本來攻向他的劍光，竟也隨著這一震而停頓了。

更令他想不到的是架開明虛子這一劍的，竟是崆峒的掌門玄天子，明虛子一驚之下斜退兩步，將劍倒提著，愕愕地看著他的大師兄，面上雖是一副茫然不解的神色，然而在這種的茫然不解的神色之後，卻隱藏著一份驚恐。

是以，他一時說不出話來，白非和石慧也瞪著眼睛望著玄天子。

這崆峒的掌門人鐵青著臉，目光一掃，沉聲向白非道：「你方才說的話是什麼意思？那暗器和我師弟有什麼關係？」

這次卻輪到白非一怔，須知他說那暗器由來要問玉鳶子才知道，只不過是他從觀察中所得到的一種揣測而已，根本沒有事實的根據，此次玄天子要他說，他如何說得出來？

他這一沉吟，明虛子提劍再上，喝道：「你小子竟然敢在崆峒山上胡亂含血噴人，這暗器不是你發出的，是誰發出的？」

玄天子含著怒意的目光，此刻也正和其他的崆峒道人們一樣，都瞪在白非臉上，這種眼光，使白非全身起了一種極為不舒服的感覺。

他知道此刻情況已遠比方才嚴重，只要他答話稍一不慎，這麼多崆峒道人帶著的長劍，就會毫無疑問的一齊向他身上招呼。

這麼多人的地方，竟然靜得連呼吸聲都聽得出來，石慧臉上有些不正常的蒼白，悄悄地向白非站著的地方靠過去——

玉鳶子帶著陰狠的微笑，一步步向白非走了過去，明虛子用中指輕輕彈著他手中那柄精鋼長劍的劍脊，發出一聲聲彈鐵之聲。

倒是躺著本來已經暈迷的浮雲子此刻已漸清醒，偶爾發出些輕微的呻吟之聲，和明虛子的彈鐵聲調和成一種極不悅耳的聲音。

白非知道，只要他一開口，這靜默便要爆發為哄亂，而此情此景，他卻非開口不可，決不可能就這樣靜默下去，於是他在心中極快的盤算著，該如何說出這有決定性的一句話。

這種暴風雨前的沉默最令人難耐，是以雖是短短一刻，但卻已令人感覺到好像無限的漫長，尤其是白非，這種感覺當然更要比別人濃厚些，他甚至覺得這其中已令他有沉重的感覺。

突然，竟有一連串輕脆的笑聲傳來，彷彿是來自正殿的殿脊之後，這種沉重的空氣也立刻被這一連串笑聲劃破。

隨即而來是十數聲厲叱：「是誰？」那是一些崆峒道人幾乎同時發出的，「嗖嗖」幾聲，玉鳶子、明虛子以及玄天子等都以極快的身法，向那笑聲發出之處掠了過去。

白非眼珠一轉，極快的決定了一個對策，身形一轉，拉著石慧的手，低喝道：「走！」

兩條人影隨著這走字，輕鴻般的在這些崆峒道人都望著殿脊那邊之時從另一個方向掠了出去。

石慧的輕功，在武林中本來就可算是一流身手，此刻稍微再借著些白非的力道，兩人一掠出白雲下院的圍牆，就像兩隻比翼而飛的鴻雁，幾乎是飛翔著似的掠出很遠。

等到他們已確定後面沒有人追來的時候，就稍微放緩了些速度，石慧低低埋怨道：「我們也沒有做錯什麼事，又不見得怕那些惡道士，何必要跑呢？這麼一來，倒好像我們膽怯了。」

白非一笑，道：「在這種時候，和他們講也未必講得清楚，一個不好，眼前虧就吃定了，我們還有事，和他們嘔這些閒氣幹什麼？何況——」他略為停頓了一下，望了望石慧，又笑了笑道：「以後我們又不是不能再來和他們評理。」

石慧點了點頭，但總覺得他的話中缺少一些什麼東西，卻不敢斷定那是什麼，但是她認為，若換了謝鏗，就絕不會逃走的。

於是她也笑了笑，忖道：「但是謝鏗現在弄成什麼樣子了？」她又替白非高興。確實人類的一切，都很難下個斷語，遊俠謝鏗雖然義氣為先，但卻似乎有些愚，白非雖然聰明，但卻又似乎缺少了大丈夫的氣概，至於到底是哪一種做法較為正確呢？那就非常難以斷定了。

也許這兩種做法都對，只是以當時的情況來斷定吧，做任何一件事，都該是就那件事本身的價值來決定做法的。

深山女妖

崆峒山屬六盤山系，幽深林重，雖已秋濃，但山中有些地方還是蒼蒼鬱鬱，石慧、白非初至崆峒山，掠了一陣之後，才發現自己所走的並不是出山的方向，反而入山更深了。

石慧嬌笑著，俏嗔道：「看你這副樣子，像是真的慌不擇路了，我可沒有學到你洞裡的那些鬼畫符，沒有你那麼大的力氣，跟著你這麼樣亂跑，我可真有點受不了啦。」

說著，她就真的不走了，白非拉起她的手，輕輕親了一下，笑道：「我們兩個找一個地方一起坐坐，休息一下好不好？」

石慧用春蔥般的手指在臉頰上劃了一下，嬌笑道：「羞不羞，誰要和你坐在一起休息呀？我要一個人坐。」

白非一笑，左手一攬她的肩頭，右手一抄，竟將她整個人抄了起來，颼的掠在一棵梧桐巨大的枝椏上，連梧桐子都沒有落下一顆。

石慧嬌笑著，伸手去捶他的胸膛，卻只是那麼輕和那麼甜蜜，使得被捶的人不但不痛，反而有一種輕飄飄的溫馨之感，於是他就笑著說：「好舒服呀，快多捶幾下。」

「我偏不要。」石慧笑著臉都紅了，像是真的一樣的掙扎了一下，然後就像隻綿羊似的躺進白非的懷裡，帶著一聲長長的幸福的呻吟。

像是一對呢喃著的春燕，兩人在那梧桐樹的枝椏上建起了愛的小巢，幸福得忘卻了這是在崆峒山，忘卻了他們還有被搜捕的危險，忘卻了他們還要做的事，甚至忘卻了這是秋天。

石慧方自伸手去攬，白非卻驀然一甩手，厲喝道：「是什麼人？」

石慧立刻跳了起來。

白非左手一按枝椏，「嗖」的掠了出去。

他瘦削而挺逸的身軀一離開樹幹，竟盤旋著在空中一轉，像是一條水中的遊魚，又像是一條雲中的飛龍，無比的美妙。

石慧呆呆的望著，此刻她好像一個弱不禁風的女孩子似的，完全處於被保護的狀況之中，只是在欣賞著她的保護者曼妙的身法。

她卻不知道，除了她之外，還有一人也在熱烈的注視著白非的身形，然後忍不住叫出來：「哎喲，好漂亮的輕功呀！」雖然是一口極不純粹的官話，然而語聲中的柔脆卻使人忘去了她方言的惡劣。

白非雙手一抬一張，「颼」的朝那方向掠了出去，那是另一棵巨大的梧桐，哪知在他身形還未到達的時候，那株梧桐上也極快地掠出一人來，從他身側電也似的擦了過去。

若不是他，換了別人，那幾乎很難覺察到有人從身旁擦過去，因為兩人的速度都是那麼快，在這種時候，可看出白非功夫的超人之處了。

他身形一頓，竟然憑著這一口未歇的真氣，在空中又是一個轉折，像是一條擺尾的神龍，在空中竟完全換了一個方向，向那人去的地方掠了過去，這種身法，更不禁令人歎為觀止。

他這裡方自轉折，那邊又響了起來先前那柔脆的口音道：「好妹妹，你怎麼那麼凶呀？一見面就動手打人。」

就在這話說了一大半的時候，白非也掠了過去，那就是在他們先前依偎著的枝椏上，此刻除了石慧之外，又多了一人。

望著這人，白非不禁奇了，在這瞬間，他腦海中又轉過一個念頭：「怎麼世上的奇人竟全讓我一個人撞見了？」

在這枝椏上，飄然站著一個美得出奇的身軀，這身軀上曲線的曼妙，被她那件輕紗般的衣服掩映得更為動人。

頭髮長長的披到兩肩上，漆黑的眉毛下是漆黑的眼睛，眼珠那麼大，是以當人們看著她眼睛時，竟想不到她還有眼白，再加上挺直的鼻子，小而豐滿的嘴唇，就形成了一個和她身材一樣秀麗、一樣令人心旌搖盪的臉龐──這是一個美得出奇的美人，然而卻太美了，美得竟使人有一種說不出來的感覺，美得使人覺得她幾乎已不像是人類。

這就是白非為什麼會認為她是奇人的原因，也就是為什麼石慧在打了她一掌之後就目不轉睛地望著她，也忘記了再次出手的原因，石慧也算是絕美之人了，然而見了這女人之後，她心中也有些不自然的味道，甚或嫉妒，只是石慧的美卻遠比這人的美可愛，石慧若知道這點，她就會自然多了。

那女子俏笑著，眼睛也在石慧和白非兩人的臉上打轉，然後笑著：「真是一對兒，珠聯璧合，看你們的這副親熱樣子，真叫人羨煞，連我這個木頭人，都有點兒動心了。」

她眼光再次碰到白非的時候，石慧不高興的嘟起嘴來，心裡暗暗罵著：「女妖怪！」深秋風寒，這女子竟披著輕紗，在這深山荒林中倏然出現，倒的確有些女妖怪的樣子。

來自青海

白非愕了許久，才期期艾艾地說道：「姑娘是……」在這女子面前，他口齒竟變得很遲鈍的樣子，一句話都說不出來。

石慧見了更有氣，替他接下去道：「你是什麼人，找我們幹什麼？」

那女子咯咯的笑著，道：「小妹妹，你別這麼凶好不好，姐姐我還幫過你們的忙呢！」她頓了頓，又道：「噢，我知道了，你不高興的原因，是因為我打擾了你們是不是？」

白非臉好像微微紅了一下。

那女子又道：「可是我剛才替你打了那鬼道士兩彈丸，功過也該算是兩相抵消了吧？」

她此話一出，白非和石慧都不禁驚異的「噢」了一聲，立刻想到方才在殿脊所發出笑聲，將崆峒道人注意力都移開，使得自己能乘亂掠走的人，也就是這個美得出奇的女子了。

「怪不得她說幫過我們的忙。」白非、石慧不約而同的暗忖著，但是對這女子卻仍不免懷有戒心，因為這女子無論從裝束、舉止抑或是行動上去看，都顯得太過奇怪了。

因此他們在瞬息間也找不出什麼適當的話來說，微風吹過，將那女子身上穿的輕紗長衫的下擺吹了起來，露出她穿在一雙縷金鞋子裡凝玉般的雙足和雙足上一段嫩藕般的小腿。

這情景就像是九天仙女突然降落在這深山的梧桐樹上，有一種難言的聖潔之美，而沒有半分淫邪的意味，白非的眼光像是隨著那陣風吹到她的腿上，石慧看著白非的眼睛，哼了一聲，其實她的眼睛也禁不住要朝人家看兩眼。

那女子似乎覺察到了，有意無意間用手捺住長衫，笑問白非道：「你武功真不錯，這些崆峒道士裡，就數那玉鳶子和那個玄天子最難鬥，我到崆峒兩三次了，也不能將他們怎樣。」

她一笑，用手掠了掠頭髮，又道：「可是我也將他們弄得天翻地覆，他們想抓住我，那簡直是做夢。」

白非心中一動，忖道：「原來那些提著劍的崆峒道士就是想捉她的，只是她來崆峒找麻煩，不知她和崆峒派有什麼過不去的地方？」

石慧卻恨恨忖道：「這女子妖行怪狀的，一定不是好東西，看她望著非哥的樣子，真是可恨。」

那女子卻不管他們心裡想著的事，臉上的笑容突然收斂了，兩眼注視著遠方，像是看著什麼，又像根本沒有看著什麼，口中卻低低念著：「玉鳶子——」聲音中包含著的某種意味，使得白非和石慧身上卻起了一陣悚慄。

「對了，這女子一定和玉鳶子有著什麼怨恨，所以在玉鳶子見到那金彈時，會有那種表情。」白非暗暗忖道，只是這樣一個女子會與玉鳶子那種人有什麼關係，卻又令白非不解。

那女子突然回過頭，向白非說道：「你肯不肯幫我一個忙？」

白非愕了一下。

石慧卻接口道：「什麼事？」

那女子一笑，輕輕說道：「我要你們幫我去殺一個人，一個該死的人。」

「玉鳶子？」白非脫口問道。

那女子點頭道：「對了，玉鳶子，我不遠千里從青海趕來，就為的是要親手殺死這個人，這個人一天活在世上，我就一天不舒服，他死了，我要將他的皮鋪在我的床上，將他的肉一口口地吃下去。」

「這女子和玉鳶子之間的仇恨竟這麼深，可是我連她的姓名都不知道，我怎能幫她這個忙，何況他們誰是誰非還不知道哩？」

白非沉吟著，心中卻又突然一動，忖道：「她是從青海來的——」這女子的言行，很容易的就讓人聯想到天妖蘇敏君身上。

「幫你的忙，也可以，不過——」白非道。

那女子立刻急切的接下去說道：「不過什麼呢？」

白非笑了一笑，用眼睛阻止住那在旁邊已露出不忿之色的石慧，朗聲道：「只不過姑娘既住在青海，不知可否也幫小可一個忙？」

「什麼忙？」

「青海海心山，隱居著一個武林中的奇人，姑娘可知道嗎？」白非一笑，輕描淡寫的說道。

那女子卻神色大變，問道：「你找她有什麼事？」神色之間，一望而知這女子和海心山的天妖蘇敏君有著非常密切的關係。

而她這種神態立刻引起了白非的極大興趣，也使石慧面上的忿怒之色轉變成詢問和驚疑的態度，因為她已知道白非的用意，而白非的這種用意是不會引起她的嫉妒的。

那女子的眼睛瞪著白非。

白非道：「小可有些事，想到海心山去謁見老前輩，姑娘如果認得這位前輩，不知能否為小可引見引見？」

那女子噢了一聲，冷冷說道：「那是家師。」

白非和石慧又吃了一驚，那女子卻又冷冷說道：「假如我不替你引見家師，你就不幫我這個忙，是不是？」她「哼」了一聲，又道：「這算是交換，還是算做要脅？」

白非臉又微微有些紅，避開她刀一般銳利的目光，緩緩地說道：「不是這意思——」

石慧卻搶著道：「只要那玉鳶子確實該死，我就幫你殺了他。」原來她對玉鳶子也有著非常惡劣的印象，是以毫不考慮的說出此話，言下之意，卻也是叫那女子說出為什麼要殺玉鳶子的原因。

那女子說道。

「那玉鳶子和我仇深似海，若有人幫我殺了他，我無論怎樣報答都行。」

白非卻一皺眉，忖道：「她話無異是答應了替我引見蘇敏君，但卻不肯說出她為什麼要殺死玉鳶子的原因，難道她和玉鳶子之間有什麼不可告人之事嗎？」

白非疑心又想，那女子卻飄飄的走向石慧，道：「妹妹，你也是女人，你總該知道，天下之間最可恨的就是男人。」

石慧聽著她的話，一邊卻望著白非。

白非更是哭笑不得，這女子指著和尚罵禿驢，這句話很明顯的將他也罵了進去，他愈想愈不是滋味。

哪知石慧卻說道：「我看玉鳶子那傢伙也可恨得很，不過他們崆峒派裡道士那麼多，怎麼能有辦法動手殺他？」

白非聽了，先是一愣，突然想起玉鳶子對石慧的態度，一笑了然。那女子道：「妹子，你真好。」竟拉起石慧的手，面上也流露出感激的神色，道：「只要你們答應，我就有辦法對付那傢伙。」

白非暗忖：「我還沒有答應，她卻將我也算上了。」但是他此刻卻又怎能說出不答應的話來？只見那女子將石慧拉到一邊，嘀嘀咕咕的在石慧耳邊說了許多話，石慧一面聽一面點頭，白非更是不知道那女子究竟在搞什麼鬼。

她們兩人講了許久，那女子足尖一點，身子就輕飄飄的飛了出去，在群木之間一閃而沒，輕功竟是高絕。

白非雖微有些吃驚，忖道：「這天妖蘇敏君的弟子，武功竟如此好，但卻怎麼又說不是那玉鳶子的對手呢？」他又想起和玉鳶子動手的情況和玉鳶子那一身怪異絕倫的身法，又奇怪玉鳶子即是崆峒門下，怎麼武功卻是這種旁門的傳授？

他一抬頭，石慧正向他行走，眼圈竟紅紅的，他驚問道：「慧妹，你怎麼啦？」

石慧一嘟嘴，道：「你們男人壞死了。」

白非一笑，他知道石慧一定聽了不少那女子罵男人的話。

石慧見他不出聲，「喂」了一聲，又道：「你幫不幫我的忙？」

「什麼忙？」白非笑問。

石慧道：「我要殺死玉鳶子那壞蛋，你幫不幫我的忙？」

白非暗暗發笑，忖道：「這倒好，要殺死玉鳶子，竟變成她的事了，變成了她的事，還不就等於是我的事一樣，唉，又是一樁麻煩。」

他心裡在想著心事，石慧卻已怒道：「你不肯幫忙就算了，你一個人到青海去好了，我也不要幫你的忙。」她「哼」了一聲，又道：「男人果然不是好東西。」一轉身，將臉背了過去。

「我又沒有說我不幫忙。」白非笑道，「可是你們講的事，總該也讓我知道一點兒呀。」

石慧「噗嗤」一笑，道：「偏不讓你知道。」卻轉過身來，朝白非道：「我們就在這裡候著，等一下那姐姐將玉鳶子引來，你就動手殺了他。」

白非又一笑，忖道：「我這算是什麼呀？」俯身往枝椏上一坐，道：「你們到底講的什麼，我若不弄清楚了，怎麼能隨隨便便的就殺人？那玉鳶子壞，可是壞在什麼地方呢？」

石慧嘟嘴道：「我說他壞，就一定壞，難道你不相信我？」

女人，就是這麼奇怪，當她確定了一件事之後，她就認為那件事就是真理，石慧也並不例外，當她願意相信一個人的話的時候，她就完全的相信，甚至連半分懷疑都沒有。

白非可不和她一樣，他將這事前前後後思量了一遍，他知道幫那女子的忙，對自己一定有好處，而且那位石慧口中的那姐姐，看樣子也不像是動不動便想殺人的人，那麼這玉鳶子必定有他該死的原因，只是他卻不禁渴望知道石慧和她的那姐姐說話的內容，石慧不講，他更好奇。

他卻不知道叫一個女子說出秘密的最好方法，就是不去問她。

天妖秘技

白非俯著頭想心事，石慧卻忍不住坐到他旁邊，道：「你是不是想知道那姐姐的事？」她不等白非回答，又道：「我告訴你也可以，不過你一定要守秘密，千萬不要告訴別人。」

白非暗忖：「她怎麼又肯說了？」側望了她一眼。

石慧已恨恨說道：「這玉鳶子真該死，他騙了那姐姐的武功，還騙了那姐姐的身子，卻將那姐姐一丟了之，你說他該不該殺？」

聽了這幾句話，白非不但沒有弄清楚，反而更糊塗了，石慧這才將方才那女子和她說的話原原本本的說了出來。

原來那女子姓那，是青海通天河邊哲公多齊齊堡主那長春的愛女，叫那霞子，昔年天妖蘇敏君被中原武林所逼，竄入青海時，受過那長春的恩惠，將她收為弟子。

齊齊堡主以無比財力，在青海海心山上為蘇敏君建造了棲身之地，那霞子借著先天的無比美貌和後天的無比魅力，隨著使武林中高手不知凡幾、迷離傾倒的一代妖物蘇敏君，在這海心山上修習天妖蘇敏君的秘技。

一晃數年，春花秋月，那霞子正是憂情之年，久居深山，自是寂寞，就在她離開海心山回齊齊堡省親的時候，遇著了雲遊青海的崆峒道人——玉鳶子。

也就在這時候，那霞子被曾顛倒過無數人的「情」字所顛倒，不但和這雖是道家卻極風流的玉鳶子結下孽緣，而且不惜違背師令，將天妖蘇敏君的秘技「蝕骨銷魔倩女迷情大法」私下傳授給玉鳶子，結果卻是玉鳶子悄悄一走，她自己被蘇敏君幽囚於海心山絕頂石窟中三年，若不是她父親齊齊堡主，恐怕已早就被廢去武功了。

是以當她得到自由之後第一件事就是到崆峒來尋找這負心薄情的玉鳶子，哪知她此刻竟不是身兼崆峒內功心法和天妖秘技的玉鳶子敵手，除了不斷的在崆峒山上擾攪之外，對玉鳶子卻一點兒辦法也沒有，是以她才會有求助之事。

那霞子將這些事告訴了石慧，石慧此刻又告訴了白非，她亦是為情顛倒之人，說起來有聲有色，比那霞子還要動聽，出神聽著的白非也不禁摩拳擦掌，恨聲大罵起玉鳶子來。

「現在那姐姐去把玉鳶子引到這裡，你就下去和他動手，我和那姐姐在旁邊幫忙，對付這種事，可用不著講什麼武林道義。」

白非立刻也說道：「對付這種人，確實不要講武林道義。」他沉吟了一下，又道：「可是我卻很奇怪，蘇敏君聽到她徒弟上了這麼大的當，怎麼不親自出面，來收拾這玉鳶子呢？」

石慧當然回答不出：「總有什麼原因吧。」她只得如此道。

兩人坐在樹椏上等了許久，都沒有看到那霞子和玉鳶子的影子，肚子卻有些餓了，白非暗笑自己最近老是餓肚子，石慧則忍著不說出來，因為這是她要等的，若是別人要她等，她一定會早就嚷肚子餓了，女子的自私，即使對她所愛的人，也不例外——當然除了某種特殊的情況之外。

「那姐姐會不會出事了？」石慧有些擔心地說道，抬頭一望，又道：「你看，天都已經快黑了，我們到山上也快一天了哩！」

「這一下又耽誤這麼久，靈蛇堡現在不知道怎麼樣了，司馬老伯和邱大叔不知道走了沒有？」望著暮色，白非歎氣說道。

「爹爹和媽媽不知道遇見了沒有，他們會不會回家去了呢？」石慧也幽幽說道。

此刻暮色四合，秋意更濃，兩人竟生起了許多種感觸，於是白非說道：「再等一會兒，他們要是還不來，我們就去找他們去，一直坐在這裡死等，我看你也未必受得。」

他話剛說完，臉色就變了一下，拉著石慧躲在枝椏間一個較為陰暗的角落裡，石慧也驀然緊張起來，留意的傾聽著動靜。

片刻，她果然也在秋風之中辨別出夜行人衣袂帶風的聲音，不禁捏緊了白非的手，瞬息，她已看到一條黑影掠來。

「怎麼只有一個人呢？」她有些奇怪，那人影身法絕快，在群木之間盤旋了一陣，然後突然停下來，站在離石慧和白非不遠的一棵樹上，朗聲道：「方才兩位朋友在哪裡？貧道有事當面奉告。」

白非此刻已看清了那人影是誰，低聲道：「玉鳶子。」

石慧驚駭的說道：「這是怎麼回事？」

白非道：「你留在這裡別動，我出去看看。」

伸手折了一段樹枝，嗖的朝玉鳶子身後那個方向打去。

玉鳶子聽風辨位，朝那個方向一轉身，白非在這一刹那裡嗖然掠了出去，飄然落在玉鳶子停身的那一株樹枝之上。

玉鳶子轉過身來時，顯然非常驚異，但卻仍沉住氣道：「閣下好俊的輕功。」

白非冷冷地答話：「道長過獎了。」

玉鳶子哈哈一笑，白非接著說道：「道長說有事面告，不知是什麼事，可是要告訴在下嗎？」

「正是。」玉鳶子又道：「我和那姑娘之間本來有些小誤會，現在已說開了，那姑娘不願兩位在此久候，因此特地叫貧道來通知一聲，兩位不妨到白雲下院去歇歇——」他略為停頓了一下，又道：「至於日間的事，既然那是誤會，不提也罷。」

白非甚為不高興地「吁」了一聲，道：「道長和那姑娘之間的事也講開了嗎？」心中卻暗忖：「女子真是奇怪，那霞子先前大有將玉鳶子食肉寢皮的樣子，此刻居然已和好了，而且將要我們等在這裡的事也告訴了玉鳶子。」

他除了不高興之外，還有些驚異，因為他再也想不到此事竟是如此結果。石慧也掠了過來，問道：「那姐姐現在在哪裡？」方才玉鳶子說的話她也聽到了，自然也有和白非相同的感覺。

「姑娘現在正在白雲下院裡，兩位隨貧道一起去，就可以見到了。」

白非沉吟道：「小可倒還有些事，還是——」

他話未說完，石慧卻搶著說道：「好，我們跟你一起去看那姐姐去。」

白非苦笑一下，無可奈何地一聳肩。

玉鳶子笑了笑，道：「有勞兩位久候，貧道實為不安，到了觀中，貧道再好生謝過。」

白非總覺得這玉鳶子話中有些不對的地方，卻聽得石慧笑道：「你們白雲下院不是一向不准女子進去的嗎？怎麼那姐姐例外？」

玉鳶子的臉色在黑暗中變了一下，只是石慧沒有看到，白非心中卻一動，更覺得此事大有蹊蹺，但是只要他決定做的事，他從不半途放棄，此刻他也下了決心，要看看此事的真相。

「不但那姑娘是例外，就連姑娘——」玉鳶子一笑，接著說道：「恐怕也將要成為敝觀中數十年來罕有的女客了。」

白非自第一眼見得此人，就對他印象惡劣，此時見他語氣雖然極為客氣，然而卻覺得在他的笑聲中仍帶著些討厭的意味。

此事必然有詐。他暗暗警告自己，當個道士本應心無雜念，清修為上，犯了色戒的出家人，還會有什麼好的東西？他望了玉鳶子那滿帶笑容的臉一眼，又忖道：「我們有那麼重要的事要做，何必為這些不相干的事惹麻煩？」他的理智這樣告訴他，但是他的天性卻和他的理智極為矛盾。

「但是，我們如果就此一走，又算作什麼？此事非要弄個水落石出不可，就算這道士對我們有什麼壞心，難道我還怕了他？」

須知白非本是個極為好勝也極為好奇的人，這從他以前所做一些事中就可以看出他的個性。這種個性如果是生在一個極有信心和毅力的人身上，往往可以獲致極大的成功，如果生在一個浮躁和不定的人身上，那後果就不堪設想了。

於是他向石慧微一示意，道：「既是如此，我們就隨道長走一趟好了。」

玉鳶子微一稽首，臉上又泛起了笑容。

三人身形動處，各以極上乘的輕功飛掠，這當兒，三人輕功的強弱很明顯的就分出高下來了，石慧輕功雖亦得自親傳，但一來是功力較淺，再來也是本身的體質關係，在三人中完全居於劣勢，只是兩人並未超越她，仍然不即不離地跟在她左右，玉鳶子竟也一絲沒有炫技之意。

白非一路盤算，這事可能發生的任何結果，「可能那姑娘被他擒住，而被逼說出我們的藏身之處，是以這玉鳶子道人就來將我們騙到他們的巢裡去，好想個辦法來對付我們。」

他暗中得意的一笑，自認為這個猜測極為近乎事實，「但是你想不到我已識破了你的詭計了吧。」他恨不得此刻就將自己心中的猜測告訴石慧，然後再看看石慧臉上讚美的神色。

世上沒有任何一件事物比情人的讚美更為甜蜜，一個一生沒有受過情人讚美的男子不是個白癡，就是個蠢才。

恍眼之間，白雲下院的院牆已隱隱在望，石慧突然問道：「你的二師兄好了些嗎？」

玉鳶子尷尬一笑，正不知如何回答。

石慧卻又笑道：「現在你們的掌教師兄該知那暗器不是我發的了吧。」

白非再次望了玉鳶子一眼，卻見他臉上除了尷尬之色外，並沒有一些別的神情。

大出意外

白雲下院本是朝西而建，但這玉鳶子卻領著白非、石慧兩人繞到東面，卻是這白雲下院的後面，白非心中自然又生了疑慮，「他不將我們引到觀門，卻繞到這後面來幹什麼？」

石慧卻直截了當地問道：「我們為什麼不從正門走進去？」身形已無形中頓下來。

玉鳶子顯然又遇難題，沉吟半晌，期艾著道：「由正門進去，有……有許多不便之處。」

他望了石慧，又立刻接著道：「還望兩位能體諒貧道的苦衷。」

白非暗哼一聲，忖道：「你這廝又在玩什麼花樣？」

這麼一來，白非更加提高了警覺，從目光中傳給石慧，那玉鳶子卻道：「兩位跟著貧道來吧。」

縱身一掠，如飛鷹般掠進了院牆。

白非身形也微動，悄悄一拉石慧的衣襟，輕聲道：「慧妹，小心了。」

石慧若有不解的一點頭，兩人也跟蹤掠入。

玉鳶子當然對這白雲下院極為熟悉，三轉兩轉，經過的路居然一個人影也沒有。

白非的眼光卻不住四下觀望，仔細的察看著四周，以防萬一有什麼突生之變，在這裡，他可不能不分外小心了。

這白雲下院的丹房，本是依照著四合院的格式所建，每間丹房的窗子都嚴密地關著，此刻這白雲下院中極為靜寂，只在隱隱中，可以聽得到一些低低唱著經文的聲音。

暮霞低垂，鐘聲又起，這白雲下院在此時竟平添了幾分道氣。

玉鳶子並未施出輕功，但腳步卻放得極輕，生像是他也怕驚動別人似的。

白非方才的猜測此刻已有了些動搖，覺得事情的發展，也未必盡如他所料，於是對玉鳶子的行動，更覺得奇怪起來。

「難道他說的話是真的？」白非說什麼也不相信，對這玉鳶子恨入切骨的那姐姐，會又和他重修舊好而真的是在這白雲下院裡，等著玉鳶子將自己和石慧找回來的。

而且無論如何，這白雲下院畢竟算是座道觀，總不能讓玉鳶子當作他和情人幽會的地方呀！難道崆峒派的教規，真的形同虛設？

他左思右想，越發想不出個所以然來，抬頭望處，玉鳶子已停住腳步，站在那四面周圍的一排丹房之外的另外一排丹房的左側，也就是這排丹房從東面數起的第一個門口。

白非目光像一隻獵狗似的努力的搜索著這四周有什麼異處，因為這關係著他自己和石慧的吉凶，也關係著另一人的吉凶。

但是這排丹房也像其他的任何一間丹房一樣，門窗嚴閉，甚至連誦經的聲音都沒有，白非卻仍不敢有絲毫大意，因為這些嚴閉門窗裡說不準什麼時候會遞出一件兵刃，或者是打出幾樣暗器，自己只要微一疏忽，就可能傷在這些兵刃之下。

果然——

驀地第一間丹房緊閉的門微微開了一線，一隻手倏然伸出，白非也驀然一驚，腳一轉，位踏奇門，已是備敵之態。

哪知玉鳶子卻微微一笑，拉住從門裡伸出來的手，探首入門低低說了兩句話，便回過頭朝白非笑道：「那姑娘請兩位進去。」身形一側，讓開進門的路，垂首而立。

那門此刻已是虛掩著，玉鳶子的態度上也沒有一絲不對的神色，然而白非卻仍在躊躇著，考慮著這其中可能有什麼陰謀。

他想以眼色阻止住石慧，讓她也像自己一樣的小心些，哪知石慧卻叫著：「那姐姐真的在裡面。」腳步一動，已跨到門口。

白非心中猛然一轉，一個箭步竄了上去，對石慧道：「讓我先進去看看。」他是怕這房裡埋有什麼暗算，那麼他先進去總比石慧先進去好，這一來是因他的武功此刻已高出石慧甚多，再者卻是他寧願自己受傷也不願石慧受到傷害。

他這麼一個舉動，很明顯地透出對玉鳶子的不信任來，可是玉鳶子面上卻仍然沒有不滿的，表情笑嘻嘻地站在那裡。

這反而更讓白非摸不清他的心意忖道：「事已至此，萬一人家說的話是真的，我這麼一來，不是反顯得太過小家氣。」白非暗暗咬牙，一推門，全身真氣滿凝，跨步走了進去。

丹房裡的光線比外面黑得多，白非眼睛微閉，再猛睜開，目光四掃，臉色卻不禁一變，彷佛極為驚異的樣子。

外面的石慧見他腳步一停，問道：「非哥哥，怎麼了呀？」

白非卻顧不得回答她的話，走上一步，道：「那姑娘，你好嗎？」

原來這間丹房裡丹床上垂首而坐的正是那霞子。

這一來自然大出白非的意料之外，那霞子頭一抬，剪水般的雙瞳在白非臉上一掃，輕輕說道：「你們來了。」語氣之中，透出十分羞澀之意，目光再向白非身後一掠，輕輕笑了出來。

這時石慧已躍到她跟前，拉著她的手，道：「那姐姐，你好嗎？」原來她先前也對那霞子的安危極不放心，因為她也料不到對玉鳶子恨入切骨的那霞子會突然轉變了心意。

是以她和白非在見到那霞子時，都不約而同的問出「你好嗎？」這句話來，其心中的疑慮，也就在這句話裡表露無遺。

那霞子卻以輕輕地點頭、微微地笑結束了他們的疑慮。

玉鳶子也跟著走了進來，面上的笑容益發開朗，這是個任何一個被人家所懷疑的人，一旦事實解開了人家的疑念之後，所必有的笑容，而這種笑容裡，也必然的含有滿足和得意之態。

「這是怎麼回事？」白非暗中茫然問著自己，他不明瞭那霞子這突然的轉變，但他在看了那霞子眼中所閃著的喜悅光芒和她在百忙之中仍不時拋給玉鳶子的那種親切的目光，他自認為這問題已獲得了解答，於是他輕喟一聲，暗忖：

「人類的情感，真是奇妙得不可思議。」

他卻不知人類情感的軌跡在一個陷入愛情的女子心中是不置一顧的。那就是說，當一個女子深深陷入愛中的時候，她將會蔑視人世間的一切禮教、規範甚至道德，因為她除了對方的愛之外，人世間的其他任何事物都是無足輕重的。

白非的腦海裡有些混亂的思索著，因為他也是深深陷入愛戀中的人，直到石慧拉著他的手臂時，他才從迷茫中清醒過來。

風塵之樂

越過險峻的六盤山，到了渭河支流的靜寧城，白非和石慧才透出一口氣。自崆峒出山，接著就是一連串重山峻嶺的跋涉，他們雖有一身絕頂輕功，但這種山嶺的攀越仍使他們覺得勞累。

他們別過玉鳶子和那霞子時，白非曾暗暗歎息那霞子對玉鳶子的癡情，他卻不知道玉鳶子對那霞子的情感是否忠實。

但是，身為局外人的他，又怎能在這事件裡多言呢？於是他只得在聽過那霞子詳細地敘說了青海海心山入山的道路和一些天妖蘇敏君的忌諱之後，便和石慧辭別了他們。

「你看那姐姐和那個道士在一起，會不會快樂？」石慧也曾問這問題，他也同樣的無法回答：「將來的事，誰也無法預料的。」他只得以充滿感懷的口吻這樣告訴石慧。

於是石慧就無言地拉著他的手，靜靜地依偎在一起。

良久，等到兩人心中都充滿了甜意之時，石慧就以滿懷幸福憧憬的口吻說道：「我希望那姐姐也像我們一樣就好了。」

白非也幸福地笑著，他認為「風塵之苦」這句話他一絲都沒有感覺到，只要兩人在一起，就是最艱苦的跋涉也是快樂的。

但是前途仍是十分艱鉅的，他們早就知道，所要去見的是武林中早富盛名的人物，視男人為草芥的女魔，無比的狐媚和狡黠，無比的殘忍和善怒，也是無比美貌的天妖蘇敏君。

但是此刻，他們從那霞子口中，更多知道了這天妖的一些事蹟，這也在他們心中更加重了一些負擔，他們知道，天妖蘇敏君在歸隱青海之後，脾氣竟變得不可捉摸，而且在那霞子的話中還隱隱透露出，除了蘇敏君之外，海心山還另外有些難以對付的人物。

到了靜寧城之後，他們再三商量著如何入手的辦法，但在沒有到達之前，這一切都只不過是空談而已，最令石慧放心不下的是白非只能單身入山，「那老妖怪說不定還有和姐姐那樣的徒弟，你可不准被那些小妖怪迷住喲！」

她口中雖在打趣著，心裡卻真的有些著急，白非一本正經的安慰著她，彷佛只要自家一到海心山，天妖蘇敏君便會將烏金扎雙手奉上似的，其實他自己心中也是毫無把握。

過了靜寧，前面也不是坦途，屈吳山脈，看起來更比六盤山脈更為龐大和險峻，他們準備了些乾糧，便準備越山而去。

此時秋天已過，已經入冬，一入山區，氣候更分外的冷，白非身具內功不傳之秘，雖然火候未到，還覺得好些，石慧可覺得有些受不住了，只有更加快身法，藉以取暖。

他們快如流星，轉過幾處山彎，來到了一處險峻所在，抬頭山峰入雲，正在他們所經的山路之中，峰上滿生著些四季常青的松柏之類的樹木，白非略一打量，決定從這峰側盤旋山路上繞過去。

山道下陰深壑，有水流過，嗚咽的水聲在這空曠的山區中聽起來已覺震耳，白非和石慧都是生長在江南明山秀水之中的，幾曾見過這等崇山峻嶺，都不覺目迷心震，覺得眼界為之一新，心胸中別有一番滋味。

思忖間，兩人又掠過去十數丈，白非忽然一指峰腰，向石慧問道：「那邊是不是有人在行路？」

石慧抬頭極目望去，也看到兩個黑影在峰腰上緩緩移動著，不禁皺眉說道：「那裡真的是有人在走動的樣子。」她覺得有些奇怪，又道：「只是這麼冷的天，怎麼會有人在這種地方趕路呢？」

「是呀！」白非接口道：「普通人若要趕路，在這種天氣也不會像我們一樣為了要抄近路，翻山而過——」

他話未說完，石慧已接口道：「恐怕人家也和我們一樣，也是個練家子。」

白非點了點頭，兩人身形越發加快，想趕上去看看那人是誰。兩人都是少年心性，其實人家趕路又關他們什麼事？

可是再繞過一處山彎，他們反而看不到人家的影子，白非自忖自己此刻的輕功江湖上已難有人能和他相抗的了。

於是他徵求地向石慧問道：「我先趕上去看看好不好？」

石慧有些不情願的點了點頭。

白非四顧，群山寂寂，絕無人影，料想也不會出什麼事，便道：「你快些趕來啊。」猛一長身，幾個起落，已將石慧拋後數丈。

他心存好奇，腳上加上十成功夫，真可說得上是捷如飛鳥，再轉過一處山彎，果然前面已可看到兩個極為清晰的人影了。

他再一塌腰，「嗖、嗖、嗖」幾個起落，雖是武林中並不罕見的八步起身法，但到了他手裡，情形就大為不同了。

這幾個起落，他竟掠出數十丈去，於是他和前面的人更為接近，那邊想是也看到了他，竟停住身形，不往前走了。

這一來，白非兩個縱身，便已到了那兩個人的身前，目光相對之下，都不禁呀的一聲，像是十分驚異的叫了出來。

原來這兩個和白非同路之人，竟是遊俠謝鏗和六合劍丁善程，白非見了，自然想不到竟有那麼巧在這種地方，居然碰到熟人。

六合劍見到來人是白非，驚喚一聲，向前急行兩步，正待說話，謝鏗卻已哈哈笑道：「一別經月，白少俠的輕功越發精進了。」他肩頭兩邊的袖子虛虛垂下，用一條絲帶縛在腰上，臉色雖有點白，但精神卻仍極為硬朗，語聲也仍像洪鐘般的響亮，放聲一笑，豪氣更是凌霄干雲。

白非也曾從別人口中聽到過謝鏗折臂的一段事，見了他，本以為他一定極為消沉落寞，哪知人家卻全然不如他所料，依然錚錚作響，是個仰無愧於天、俯無怍於地的大丈夫。

他心裡不禁欽佩，臉上也自然露出欽佩的笑容，道：「兩位長途跋涉，往哪裡去？」

丁善程期艾著，彷彿在考慮著答話，謝鏗卻已朗聲道：「小弟雖然已是個廢人，但是恩仇未了，小弟卻再也不會甘心的。」他微微停頓了一下，目光詢問的落在白非臉上，道：「白少俠可曾知道——」

白非知道他一定是詢問自己可曾知道他自折雙臂的事，於是忙道：「謝大俠義薄雲天，日前的義舉，更早已傳遍武林了。」

謝鏗淡淡一笑，道：「我雙手一失，那無影人一定以為我復仇無望，可是我卻偏要讓她看看，世上無難事，只怕有心人，我縱使要受盡世間所有的苦難，可是我終有一天，要親自將那毒婦斃於腳下。」

語氣之堅定，使人覺得他一定能達成希望。

白非覺得有一絲寒意，卻也有一絲敬意，謝鏗的恩怨分明，使他覺得可佩，但江湖上的這麼綿綿不息的仇殺，卻又令他覺得可怖。

一面，他又暗自慶幸，石慧沒有一同趕來，「若是慧妹聽到他說的話，恐怕立刻和他翻臉了。」他心中暗忖著，六合劍丁善程卻向他身後一指，道：「咦，怎麼那邊又有人來了？」

白非一回顧，知道石慧已趕來，便道：「謝大俠此行可是往青海去嗎？」

謝鏗又微微一笑，道：「小弟到了蘭州後，便要沿莊渡河北上，因為武林相傳，在那西涼古道上不時有往來人間的異人，小弟此去，唉！也只是碰碰運氣。」

他臉上有一陣黯然之色一閃而過，白非深切的瞭解他的旅途是多麼遙遠而深長，以一個殘廢之人，想除去武林中的魔頭——無影人丁伶，是何等艱苦而近於不可能的事。

白非對謝鏗的欽佩變得近於同情，恨不得將自己習得的內功心法儘量告訴謝鏗，但這時有一隻溫柔的手悄悄觸了他一下，他知道石慧來了，再一想到他所同情和欽佩的人勢必要除去的仇家將來極可能是自己的岳母，他不禁難過地笑了一下，心中的滋味，難以言喻。

謝鏗又朗聲一笑，道：「小弟這個殘廢人虧得有丁兄古道熱腸，一路照料，旅途不但方便，還比小弟以前孤身飄零有趣得多。」

白非知道面對這種人，世俗的客氣話全無必要，於是便道：「小弟慚愧，不能助謝大俠一臂，只有默祝謝大俠──」他本想說：「早日達成志願。」但望了石慧一眼，他卻不能不將這句話咽回腹中，改口道：「旅途平安了。」

「白少俠少年英發，來日必為武林大放異彩，小弟但願能活長些，目睹武林中這盛事。」

謝鏗的話，顯然是由衷說出的，絕非一般的敷衍恭維，白非更覺可貴，也覺得對這位義俠越發敬佩。

四人本是佇立在山峰上的小路上，這小路狹窄只有三四尺，下面便是絕壑，兩人並肩而行，已是甚為危險，若非身懷武功之人，只要在這種地方站立一刻，也會頭暈而目眩了。

山風呼呼——

四人之間有片刻靜寂，然後謝鏗道：「白少俠面上風塵僕僕，想必是有著什麼急事，不妨先行。」

他望了石慧一眼，心中驀然想起這和白非一路的少女就是無影人的女兒，再憶起在黃土洞窟之下的情景，面色不禁大變。

白非也自發覺，連忙一拉石慧的手，道：「那麼小弟就此別過了。」身形一動，從謝鏗和丁善程之間的空隙中鑽過，如飛掠去。

又遇難題

石慧有些奇怪白非為什麼突然拉著她走了，她也認得謝鏗，也知道謝鏗的義行，可是她卻不知道自己的母親逼得這義名傳播江湖的俠客自行斷去雙臂，這當然是人家在她面前忌諱不談此事之故。

她自從和白非與司馬之一般人相處之後，心性已和她初出江湖時大不相同，此刻，她心中對善惡兩字已有了清晰的認識和瞭解，再也不是以前那對善惡之念混沌不分的小姑娘了。

白非匆匆拉著她走，自然是為了避免她和謝鏗之間發生衝突，因為如果發生，後果實難設想，而他自己將會覺得很為難，因為叫他幫助謝鏗固不可能，但叫他幫著石慧來對付謝鏗，他也極不願意，因為他此刻也不是一個只憑自己喜怒來做事的人，而是事事都顧全到了「義」和「道」了。

碰見謝鏗之後，他心中又生出許多感觸，謝鏗武功雖不甚高，此刻又變成了個殘廢，然而遊俠謝鏗四字在人們心中的地位仍是崇高的，由此他告訴自己：「一個人的成就，是絕不能以他外表的一切來衡量的。」

到了蘭州時，他們雖然心急著趕路，也不禁在這中原聞名的名城待了一天，他們看到了他們所未見過的皮筏，石慧尤其覺得極感興趣，還央求著白非在那皮筏上坐了一會。

此外，蘭州的瓜果，更使他們在日後想起都不禁饞涎欲滴，他們再次上路時，石慧竟忍不住在行囊中加了一顆哈密瓜。

一過哈拉庫圖，便是青海四周的一片草原，他們若在春日來，當可見這片草原上牛羊成群的盛景，此刻草雖已枯，但這片草原上仍然隨處可見搭著圓頂帳篷的遊牧人家。

到了青海，他們首先感到不便的就是言語之不通，有時為了問路或者是買一件東西，他們可能和人家比劃了半天彼此仍弄不清意思。

其次，食物和住所的不慣也使他們極傷腦筋，用青稞做成的鍋巴和羊乳茶等食物，他們實在有些不敢領教。

可是最令石慧發急的事卻是——

他們到青海邊的大草原時，天已入黑，青海雖有天下第一大湖之稱，但白非和石慧依然弄不清方向，何況天已黑了，風又很大，再加上他們的肚餓，自然要趕快找個投宿之處。

可是在這種絕無村鎮之處，自然更不會有客棧了，除了遊牧人家的帳篷之外，他們別無選擇之處。

於是在石慧的鼓勵之下，白非便硬著頭皮去找投宿了。

遊牧人四海為家，極為好客，在略略吃了些熱的羊乳茶之後，帳篷的主人在地上張開獸皮，示意要石慧和白非睡覺。

白非和石慧一怔，帳篷裡的主人也首先示範，睡進獸皮裡，他的妻子兒女也都等在旁邊。「我就這樣和他們一起睡嗎？」石慧眨了眨眼睛問，顯見得非常之驚訝，而且臉也紅了。

他們不知道這些遊牧人家的風俗習慣，石慧方自發問時，已經有人在後面推她，表示要她快點睡下，睡在那滿臉鬍子的帳篷主人旁邊。

石慧的臉更不禁飛紅起來，一轉身，將推她的那人幾乎摔在地上，一頓腳，竟跑了出去。

白非也連忙追出去，留下那些滿懷好意的一家人，驚訝的望著他們，幾乎以為這一對年輕人有些神經病。

於是這天晚上，白非便盤坐在身上滿蓋著衣服仍然冷得發抖的石慧旁邊，他靜坐調息，自覺內功又有進境，寒冷卻一無所覺了。

第二天，他們滿懷興奮地注視著青海湖裡青碧的湖水，經過許多日子的長途跋涉，他們終於到了他們的目的之地了。

然而在一陣興奮過後，更大的難題卻使得他們笑容又變得黯淡了。

在一平如鏡的青海湖面上，哪裡是天妖蘇敏君的隱居之地——海心山呢？

而且湖岸渺無人跡，連船的影子都沒有。

「難道我們要飛度過這四萬多頃的湖面，來尋找那海心之山嗎？」他們對望了一眼，甚至開始懷疑有沒有海心山這個地方了。

他們沿著湖面走了許久，仍然沒有船隻。「就是有只小船，我們又怎能在這一望無際的湖面上尋找一座孤山呢？」白非皺著眉，他雖然聰明絕頂，但此時也束手無策了。

突然——

白非眼角動處發現了一件奇景，目光自然的被吸引住了，眼睛瞬也不瞬的望著。

石慧也自發覺，順著白非的目光望去，臉色卻倏然變得十分難看，但是她自己的目光也不禁停留在白非所注目的事物上。

第八章　完結之篇

紅衣少女

白非和石慧一齊扭首後望，目光都被從那邊婻婻行來的一人吸引住了。

青海四側，是一片草原，此際嚴冬，草原上呈現著的是一種淒涼的枯黃色，在這一片枯黃色上，突然出現了個鮮豔奪目的人影。

遠遠望去，那人影穿著極其鮮豔的紅衫，衣袂飄起，顯見得質料極其輕薄，步履輕盈，但霎眼之間，那人影已來到近前，長髮垂肩，眉目如畫，竟是個姿容絕美的少女。

在這種地方出現了這等人物，白非和石慧當然難免側目，「但願這少女和天妖蘇敏君之間有著關係。」白非暗忖，目光自然而然地停留在她身上，再也沒有離開過須臾。

那少女愈行愈近，竟也對白非一笑，露出編貝般的潔齒和雙頰上兩個深而甜蜜的酒窩。

石慧暗哼了一聲，狠狠瞪了白非一眼，故意轉過頭去，不再去看那少女，心中卻也不免奇異，這種地方怎會有這種人物。

白非突然行前一步，擋在那少女的面前，對她深深一揖，石慧只覺得有一股說不出來的滋味，直沖心田，有些酸苦。

白非卻不知道石慧的醋意，那少女見到他的這種舉動，卻絲毫沒有露出驚異的神色，嬌笑著問道：「您幹什麼呀？」

她一出口，也是一口京片子，白非更確定了自己的想法，朗聲道：「這位姑娘和青海海心山上的蘇老前輩是何稱呼？」

石慧本來已漸行遠，心中酸苦之意更濃，但聽了白非的這句話，微微一笑，氣突然平了，反而暗笑自己的多心。

須知石慧也是聰明絕頂之人，平日心思靈巧，但一牽涉到情字，平日靈巧的心思便好像突然失去了作用似的，凡事都有些想不開了，這原是人類的通病，又何止她一人呢？

那少女只盈盈笑著，並不回答白非的話，又側轉身子去看石慧，白非卻看這少女衣衫輕盈，但背著個不小的包袱。

石慧也望著她笑，白非走前一步，突然道：「那霞子那姑娘，您可知道嗎？」

那少女眼波一轉，石慧也接著笑道：「那姐姐是我的好朋友。」

白非暗中一笑，忖道：「慧妹真靈慧。」

那少女目光又轉了幾轉，鼻子深深吸了幾口氣，咯咯嬌笑了起來，笑得甚為放肆，白非和石慧都很奇怪，不知道她的意思。

那少女一邊笑著，一邊伸出一隻纖纖玉指，指著白非道：「你……你身上怎麼那麼香？」

白非臉微一紅，石慧也不禁笑了出來，須知白非一路帶著香狸，雖然那香狸是被關在邱獨行昔年早就處心積慮為這香狸製就的金絲纏夾人髮編就的軟囊裡，而且這種通靈異獸不在必要時也不會發出足以引誘百獸的異香。

但饒是這樣，白非身上自然也有些如蘭如麝的無法形容的香氣。

白非先前見到這少女的身法，再見這少女在聽到天妖蘇敏君名時的神情，微一忖度，知道這少女定和海心山有著關係，自己能否尋得這位異人，也全著落在這個少女身上。

是以他微一尋思，便道：「小可白非，奉了另一位前輩之命，專程來此參謁蘇老前輩，並且帶著寰宇六珍中的異獸香狸，想蘇老前輩也許有用。」

那少女一聞香狸二字，立刻喜動眉梢，「真是香狸嗎？」她歡喜的叫了出來，像是她也早就聽過這個名字似的。

白非暗中點頭，忖道：「邱老前輩果然未作欺人之語，看來這香狸果然是天妖的恩物，那麼我遠來此間，便也不致於落得虛此一行了。」

那少女深深吸了幾口氣，臉上毫無掩飾的流露出歡喜的神色，道：「你既然帶來香狸，那麼我想師父一定會見你的。」

白非心中一跳，忖道：「這少女果然也是天妖的弟子。」

那少女橫著明目向石慧看了幾眼，石慧勉強地一笑，道：「我知道你師父的規矩，我不跟你們去，我在這裡等著好了。」不但笑聲勉強，而且語調之間已有些哽咽的味道，須知世間最苦之事，莫過於兩情相悅之人不得已必須分開。

白非心中自然也有些難受，但他到底是個男人，而且他想到這僅不過是極短暫的別離而已，何況此事非如此不可。

那少女卻展顏一笑，道：「那麼你就跟我來好了。」

白非又深深一揖，朗聲稱謝，石慧望著這少女的笑容，心中的滋味越覺得難受，甚至對這少女也有些怨怪起來，恨不得白非沒有自己就不去才對的心思。

但是此刻四野亦無人更無船隻，白非奇怪，暗忖道：「她叫我跟著她走，難道這海心山不在湖心，而是在岸上不成？」

那少女微笑著，又飄了石慧一眼，從背後取下那包袱，隨手一抖，那包袱倏然散開，竟是一張絕大之物，非皮非帛，看不出是何物所製。

白非和石慧又奇怪，那少女櫻口一湊，那張似帛似皮之物倏然漲了起來，他們想到蘭州所見皮筏，心中恍然。

那少女不但輕功不凡，內功亦極其不弱，竟憑著幾口氣吹漲了這皮筏，白非暗中估量，這皮筏竟比黃河上游那種八個皮袋連排而成的皮筏似乎還要大上一些，竟也猜不出這究竟是何物所製。

那少女向石慧甜甜一笑，道：「我們走了。」縱身一掠，竟帶著那皮筏掠到湖邊。

石慧聽到她口中的「我們」兩字，心裡好像被針猛然刺了一下似的，眼淚都要流了出來。

白非見她眼眶紅紅的，心裡也難受，走過去握著她的手道：「慧妹，無論如何，今天晚上我也要趕回來，你——」他竟也說不下去，兩人目光凝注，對立無言，都怔住了。

那少女卻喚道：「喂，你走不走呀？」

聲音清脆，白非和石慧聽了，卻如當頭之喝，石慧更覺得這聲音的難聽實在無以復加。

她狠狠瞪了那少女一眼，手緊緊握在一起，又緩緩鬆開，眼望著白非也掠到湖邊，但是他倆的目光卻仍緊結在一起。

那少女手掌一翻，將那皮筏拋在湖面上，身形一掠，隨即佇立其上，青波綠海，再加上這位紅衫飄飄的絕美少女，其美可知。

白非足尖一點，也跟了上去，那少女雙足弓曲之間，那皮筏便箭也似的在水面上竄了出去，白非的目光卻始終望著岸邊頻頻搖手的石慧，而他自己的手又何嘗不是在向石慧頻頻招著呢！

皮筏漸去漸遠，石慧目力所見，只剩下一點朦朧的影子，但是她的腦海中卻始終不能忘記那並肩而立在海面上的兩條人影。

她心中泛起一種難言的滋味，直到那點黑影都在她眼中消失了，她仍怔怔的站在湖邊，彷彿失去了很多，卻換得了惆悵。

望穿秋水

天黑了。

石慧的目力也不再能看到很遠，她所期待著的人仍沒有回來。

她忘去了疲勞、饑餓，心胸中像是堵塞住什麼似的，甚至連憂鬱都無法再容納得下。

「為什麼他還沒有回來呢？」她幽幽地低語著，忖道：「難道他遭遇到什麼變故了嗎？他武功雖高，但到了天妖的居處，恐怕也是凶多吉少哩，我該怎麼辦？我怎麼辦呢？」

望著那一片水不揚波的碧水，她心中積慮，不但四肢麻木，連腦海中都變成了麻木的一片混亂了。

這兒根本無法推測出時辰來，但是黑夜來了，竟像永不再去，寒意越發濃了，夜色越發濃郁，她失落在青海湖邊——當然，她所失落的並不是她自己，而僅是她的心。

一天，二天……

第四天的夜晚已來了，若有人經過青海湖邊，他就會在這兒發現一個失常的女孩子，頭髮蓬亂，面目憔悴，兩目凝視著遠方，那雙秀麗而明媚的眸子，已明顯地深陷了下去。

她不去理會任何人、任何事，心中的情感，紊亂得連織女都無法理清。

她是焦急、關切的，但是這份焦急和關切，竟漸漸變成失望，或者是有些氣忿。

「無論如何，我在今晚都要趕回來。」她重述著白非的話，忖道：「無論如何……可是怎麼直到現在還沒有回來呢？」

她開始想起那紅衫少女，想起那紅衫少女和白非之間的微笑，想起白非在她憂鬱的時候也許正在愉快而甜蜜中。

這種思想是最為難堪的，若是她肩生雙翅，她會不顧一切的趕到海心山，使自己心中的一切疑問都能得到答案。

終於，內心的忿恚勝過了她等待的熱望，她孤零而落寞地離開了這四無人跡的青海湖邊。

就在她離去的同一時辰裡，青海湖面上急駛來一片黑影，有兩條人影並肩而立，卻正是白非和那紅衫少女。

皮筏一到岸邊，白非就迫不及待的掠了上來，目光急切的搜索著四周，那紅衣少女乃俏生生的佇立在皮筏上，向白非揚著羅巾，滿臉笑容中卻隱隱含著依依不捨之情。

白非搜索後失望了，他並不太理會那依依惜別的紅衫少女，這幾天來，他的面龐也顯然較為消瘦甚至也有些憔悴了。

這世上的人，沒有一個知道他這幾天來的遭遇是甜、是苦、是酸、是澀、是辣，只有這滿面惘然的白非自己心中知道。

佇立在皮筏上的紅衫少女幽幽歎了口氣，柳腰一折，那皮筏便又離岸而去，消失在水天深處，只剩下白非在岸邊。

四周依然寂靜，水面也再無一絲皮筏划過的水痕，像是任何事都沒有發生過，然而白非的身側卻少了一個依依相偎的倩影，而他心中卻加了一重永生都無法消失的悵惘和負擔。

他焦急的在湖岸四側搜著，希冀能尋得他心上之人，夜色雖濃，但他仍可以看得很遠。

像任何一個失去了他所最心愛的事物的人似的，他無助地呼喚著石慧的名字，而他此刻的心境也正和石慧在等待著他時一樣。

他沿著這一帶湖岸奔馳著，也不知過了多久，天已快亮了，他的精力也顯然不支，但是他仍期望在最後一刻裡發現石慧的影子，這也正如石慧在等待著他時的心境一樣。

人間之事，往往就是如此，尤其兩情相悅之人，往往會因著一件巧合而能永偕白首，也可能因著另一件巧合而勞燕分飛，而這種事，在此間人世上又是絕對無法避免的。

於是，他也是由焦急而變得失望和忿怒了。

「她為什麼不在這裡等我？她是什麼時候走的，唉，她難道不知道我的困難，我的苦衷，她為什麼不肯多等我一刻？」

於是他也孤獨悵惘的走了，但是在經過一個遊牧人家的帳篷時候，他忍不住要去詢問一下，但言語不通，也是毫無結果。

第二個帳篷也是如此，於是以後即使他再看到遊牧人家，他也只是望一眼便走過，他卻不知道就在他經過的第三處帳篷裡，就靜臥著因太多的疲勞和憂傷而不支的石慧。而那一道帳篷，就像萬重之山，隔絕了他和石慧的一切。

回去的路和來時的路，在白非說來竟有著那麼大的差別，幾乎是快樂和痛苦的極端，這原因只是少了一人而已。

景物未變，但就因為景物未改而使得白非更為痛苦，無論經過任何一個他和石慧曾經在一起消磨過一段時間的地方，他都會想到石慧，即使看到一件和石慧稍有關連的東西，他也會聯想到她。

這種痛苦幾乎是沒有任何東西可以代替補償的，若他是貪杯之人，他會以酒澆愁，若他嗜賭，他會狂賭，然而他什麼都不會。

他只有加速趕路，借著速度和疲勞，他才能忘記一些事，然而只要稍微停頓，那種深入骨髓的痛苦，便會又折磨著他。

蘭州的瓜果、黃河的皮筏，以及一切他們以前曾經共同分享的歡樂，現在都變成獨自負擔的痛苦，歡樂愈大，痛苦也就愈深。

很快的，他穿過甘肅，他自己知道，此行的結果可算圓滿的，他身上不正帶著那被武林中人垂涎著的九抓烏金扎嗎？然而他為這些付出的代價，他卻知道遠在他這補償之上。

一路上他也曾打聽過石慧，但石慧並不是個成名的人物，又有誰知道她？入了陝甘邊境，他心情更壞，須知世上最苦之事莫過於一切茫無所知，而此刻的白非便是茫無所知的。

對石慧的去向，他有過千百種不同的猜測，這種猜測有時使他痛苦，有時使他擔心，有時使他忿怒，有時使他憂慮。

這許多種情感交相紛遝，使他幾乎不能靜下來冷靜地思索一下，石慧究竟是到哪裡去了。

但在這種紊亂的情緒裡，他仍未忘卻他該先去靈蛇堡一趟，用他這費了無窮心力得來的九抓烏金扎去救出那在石窟中囚居已有數十年的武林前輩，至於其他的事，他都有些惘然了。

忽然，他想起司馬小霞曾告訴他，當自己困於石窟中而大家都認為他又失蹤時，司馬之等曾經去尋訪那聾啞老人，當時曾發生一件奇事，使得樂詠沙含淚奔出，在大家都悲傷她的離去時，卻不知她已回到堡裡。

於是白非暗忖道：「慧妹是不是也回到靈蛇堡裡去了呢？」此念一生，他速度便倏然加快很多，因為他極欲回去，求得這問題的解答。

兩人同來，卻剩得一人歸去，白非難過之餘，但速度卻比來時快了許多，不多日，已少了淒清荒涼的景致，白非極為熟悉的黃土高原已在眼前，他雖疲憊，但卻有種難言的興奮。

這種興奮雖有異於遊子歸家，卻也相去無幾，因為在這裡，至少他可以看到一些和石慧有關的事物和石慧有關的人們。

此外幾無人跡，他也不需遊人耳目，是以在白天他也施展出夜行身法，快如流星的飛掠著，四野茫茫，他稍微駐足，想辨清那靈蛇堡的方向，一陣風吹過，他忽然瞥見前面地上嵌著的一點光閃，不用思索，他就知道那必定就是通往地穴的途徑了。

他心中微動，又忖道：「聽小霞說，覃師祖叔被劈死在樂詠沙的一掌之下，但這是絕不可能的，必定是他老人家知道自己身分洩漏，不願多惹麻煩，才會施此一著——」他微微搖頭，又忖道：「但是他老人家又會跑到哪裡去呢？以他老人家的年齡，雖然身具無上內功，但是歲月侵人，何況他老人家又是久病纏身——唉！」

他不願再想下去，因為他眼前幾乎已看到那瘦弱的老人正在孤寂地慢慢死去，而身旁卻無一個親人為他送終。於是幾乎是下意識的，白非沿著九爪龍覃星昔年做下的暗記，走向那使得他習得足以揚威天下的武學奧秘的地穴。

「也許他老人家又回到那裡去了。」他暗忖著，片刻，他已走完所有的暗記，但是那地穴的入口卻已神秘的在這片荒涼高原上失去了。

他愕了許久，才悵惘的朝靈蛇堡掠去，悠長的歎息聲，隨著風聲四下飄散——

兩番出手

人事雖多變遷，但方向卻是亙古不變的，你沿著那方向走，你就必定可以找到你所要尋找的地方，這當然要比尋找一個人容易得多。

白非當然看到了那片樹林，而且也確信那樹林後的靈蛇堡必定會像他離開時那樣存在，因為他依靠著是不變的方向。

他箭也似的掠進了樹林，小徑旁側的林木後，忽然有人輕喝道：「站住！」

白非聲一入耳，身隨念轉，倏然懸崖勒馬，硬生生頓住身形在那麼快的速度裡能突然頓住，看起來都是有些神妙的。

他腳跟半旋，面對著發聲之處目光四掃，冷然發語道：「是哪位朋友出聲相喚？有何見教？」

他目光凝注，一株粗大的樹幹後一條玄色人影微閃，輕飄飄的掠了出來，佇立在白非的面前，聲音尖銳地說道：「果然是你。」

白非在那人影現身的一剎那裡，已經凝神聚氣，因為他在這幾個月裡已經學會了防人之心不可無這句話裡的涵義。

此刻他目光四掃，打量著這人，這人的面目在一塊巨大玄巾包頭下，顯得冷漠而生硬，身上也是一色玄衣，他搜索著記憶，斷然知道這人的面目是絕對生疏的，因為這人的面目一經入目便很難忘卻。

「但是他為什麼好像認得我的樣子？」白非沉吟著，朗聲道：「在下白非，朋友有何見教？」

那玄衣人冷哼一聲，道：「你把我女兒帶到哪裡去了？」

白非倏然一驚，想到石慧受傷時，面上不也是戴著人皮製成的面具，自己幾乎也認不出嗎？這人此話一出，當然就是那在土牆上和自己見過一面的無影人丁伶了，而她的面上必定也戴著面具，是以自己認不出她，她卻認得自己。

他又微一沉吟，那人已走上一步，厲聲喝道：「你怎麼不回答我的話，難道——」她冷哼一聲：「你要是不把慧兒的去向說出來，我要不將你挫骨揚灰，就不姓丁。」

白非長歎一聲，道：「你老人家想必就是——石伯母了？」

他考慮著對丁伶的稱呼，然後又道：「慧妹到哪裡去了，小侄委實不知道，而且小侄也極欲得到她的下落——」

他語聲未落，無影人丁伶已掠了上來，揚起右掌，啪的一聲，在白非的臉上清脆的打了一下。

須知白非此刻的武功又在丁伶之上，丁伶之所以一掌打到他的臉上，只是他不願閃避而已。

而無影人丁伶眼見他力敵天赤尊者時的身法，一掌打中後也微微一怔，厲聲道：「我三進靈蛇堡，都說慧兒跟你走了，現在你又說不知道她的下落，哼——你老實對我說，到底你們將慧兒弄到哪裡去了？」

白非仍然怔在那裡，臉頰上仍然火辣辣的痛，心中也翻湧著萬千難言的滋味。

丁伶雖然打了他一下，但是他並不懷恨，雖然他生平未曾被人打過，但是他瞭解得到無影人丁伶此刻的心情，母親對子女的疼愛，有時還會遠遠超過情人的憐愛之上。

但丁伶的話他又不知該如何答覆，這英姿飄逸的人物此刻竟像一個呆子似的站著，目光動處，看到丁伶又一掌向他拍來——

丁伶關懷愛女，曾經不止一次到靈蛇堡去打聽石慧的下落，也不曾一次失望而歸，丁伶幾曾受到這種冷落？但她怯於千蛇劍客的大名，雖然心中有氣，卻也無可奈何的忍住了。

此刻她見到白非，滿腔的悶氣就全出在白非身上，見到白非說話吞吞吐吐的，心中更急，又想打第二下，只是她此刻的出手當然迥異於對敵過掌，出手是緩慢而其中也無勁力的。

那時她方自出手，忽然有人嬌喝道：「好大膽的狂徒，敢打我白哥哥──」聲到人到，兩條人影，帶著風聲直襲丁伶，身手之疾，在武林中已算高手。

丁伶久經大敵，倏然撤回打白非的一掌，身形一扭，已自避開，哪知那兩條人形卻如影附形的跟了上來，一左一右，「嗖、嗖」兩掌，左面襲向她的右脅，右面的那一掌卻化掌為指，倏然點向她左乳下一寸六分的下血海穴。

這兩下風聲颼然，勁在掌先，丁伶一錯步，只得又後退尺半，目光掃處卻見這向自己襲擊的兩人竟是兩個美少女。

「好呀，原來你們串通一氣，卻把我女兒不知騙到哪裡去了。」丁伶盛怒之下自然以為白非心生別戀，這種情形當然也難怪她誤會，尤其是白非，此刻仍像生了根似的，站在那裡動也不動一下。

那襲向丁伶的兩人正是司馬小霞和樂詠沙，她兩人偶然漫步堡外，看到有人要打白非，而白非卻像中了邪似的站在那裡不動，心裡自然著急，不容分說，就狂電驚雷似的向丁伶襲了過去。

丁伶冷笑一聲，雙掌一翻，各個劃了個半圈，左右襲向司馬小霞和樂詠沙兩人，但是無影之毒雖然名滿天下，輕功也自卓絕，但對掌之下，卻無法抵敵得過這自幼被武林三鼎中之一司馬之調教出來的兩個女孩子。

司馬小霞和樂詠沙都是急躁脾氣，掌影翻飛，招招狠辣，她們在靈蛇堡憋了這麼多天，此刻好容易找到了一個動手的對象，四條手臂就像四隻久久沒有飛翔過的翅膀似的猛力搧動著。

白非怔了許久才回醒過來，見到這種情形，心中一驚，他知道必定又生出誤會，身形一動，連忙掠了過去。

但就在這一剎那裡，丁伶雙手一錯，右手疾出，五指如爪，帶著一縷風聲，去扣司馬小霞擊向她左肩的一掌的脈門，右手一伸一曲，掌緣如刀，劃向樂詠沙的左側前胸。

她這一招兩式雖極精妙，但吃虧的是她成年方自學武，又始終沒有名師指點，雖然仗著絕頂天資，能從七妙神君遺留下來的一篇殘頁裡，參悟出一些武學妙諦，但是功力卻總是不能精純，這一下兩掌分襲兩人，更顯出軟弱。

而司馬小霞和樂詠沙在司馬之的調教下，根基卻都練得極好，對這分襲兩人的兩掌哪會放在心上？各個身形轉處，司馬小霞腕肘一沉金絲絞剪，手掌反剪丁伶的右腕。

而樂詠沙在闖過一陣江湖後，動手經歷已不少，此刻已看出丁伶功力之不足，見到她這一掌擊來，不避反迎，右掌倏然擊出，用了十成真力，和丁伶硬對了這一掌。

說來話長，當時卻快如電光一閃，就在白非縱身掠來的時候，丁伶和樂詠沙兩掌相交，她功力本弱，再加上這一掌又是左右齊出，每隻手只用上了一半功力，哪裡是樂詠沙滿力一擊的對手？兩掌相交，砰然一擊，丁伶一聲慘呼，右手竟齊腕折斷了。

樂詠沙正待追擊，卻聽白非大喝道：「樂姑娘快住手——」忙一撤身，司馬小霞也倏然住手，無影人丁伶目光中滿含怨毒之色，左手捧著右腕，兩隻眼睛狠狠的盯了他們三人一眼，才一頓雙腳，飛也似的從林中掠了去。

白非長歎一聲，知道追也無益，司馬小霞走過來，關心的問道：「白哥哥，到底這是怎麼回事呀？」

白非又長歎一聲，不知該如何回答人家的話，他知道這又是一場不易解釋的誤會，但無論如何，樂詠沙和司馬小霞總是為著自己，自己縱然惶急，又怎能怪得了人家。

他茫然失措，對司馬小霞的問話，只苦笑著搖了搖頭，司馬小霞看到他這種失魂落魄的樣子，又一回顧，發現只有他一人回來，石慧卻不知道哪裡去了，心裡也跟著糊塗了起來。

相思相憶

司馬小霞和樂詠沙擁著白非進了靈蛇堡，那些被天雷神珠炸壞的牆垣此刻已多半修復了，到處可以嗅到新鮮的粉刷味。

靜居療傷的群豪，此刻也又散去了多半，寬闊的大廳此刻已恢復了往昔的靜穆，白非步上台階，想起自己在這裡揚威於天下武林豪士前的那一段事，覺得有些興奮，也有些惆悵。

司馬小霞極快地跑了進去，叫道：「爹爹，他回來了，白哥哥回來了。」聲音裡顯然可以聽到極濃的喜悅之意，白非微微感喟著，心中又泛起一種異樣的感覺。

裡面傳出一陣響亮的笑聲，司馬之和邱獨行緩步而出，對白非的歸來也極為喜悅，這種濃郁的溫情，使得白非感動著，在這一刻裡，他幾乎已經忘去了那些使他極為痛苦的事。

但是，他心中的希望又破滅，石慧沒有回來，他默默的取出了九抓烏金扎，然而對怎麼從天妖蘇敏君得到這件異寶的經過，卻彷佛不願提起，只淡淡地說了幾句：「如果不是我親身所歷，我真不能相信在那一片湖泊裡會有那麼一座孤山，而在那孤山上，竟會有那麼樣的一座屋宇。」

「那簡直像神話一樣，我想海外的仙山也不過如此了，最使我驚異的還是天妖蘇敏君，我以為她年紀一定很大了，哪知看起來，卻好像還不到三十歲的樣子，笑起來更好像二十歲的少女。」

「那孤山上除了蘇敏君之外，還有十幾個女孩子，都是蘇敏君的女弟子，天妖蘇敏君的武功我沒有見到，但是那些女弟子的輕功卻都極為卓越，任何一個在武林中都可算是一流身手。」

他描述著那天妖的居處，使得樂詠沙和司馬小霞都睜大了眼睛聽著，不時還插口問，司馬之和邱獨行面上卻帶著若有所思的神情，彷彿他們和這蘇敏君之間的關係，並不尋常。

但白非對他如何得到那九抓烏金扎的詳情卻略去不提，司馬之和邱獨行對望了一眼，也不再問，顯有心照不宣之意。

司馬小霞卻說道：「慧姐姐怎麼不多等你一下呢？要是我呀，再多等幾個月也沒有關係，你是去辦正經事去了，也不是去玩的，是不是？」

白非長歎了一聲，默默垂下了頭，司馬之瞪了司馬小霞一眼，沉聲道：「賢侄也不必為這種事憂鬱，凡事自有天命，何況男兒立身於世，當做之事極多，切莫為了兒女之情，折磨自己——」他緩緩收住了話，自己也禁不住長歎一聲，因為他自己又何嘗不是為了這兒女情消磨了一生壯志。

邱獨行卻朗聲一笑，接口道：「司馬兄之言，可謂深得我心，白賢侄，你此刻正值英雄奮發之年，再加上你的天資、武功，都萬萬不是別人能夠企及，只要稍加琢磨，便是武林中一粒可以照耀千古的明星，切切不可為了這種事，消磨去自家的大好韶華。」

他緩緩一頓，又道：「後園石窟中的那位常老前輩，看樣子也對你極為青睞，此老的一身武學可說是深不可測，你不難從他老前輩那裡獲得一些教益。」

這些話，白非都唯唯應了，然而叫他此刻忘去石慧，那卻是絕不可能的，這正如石慧雖然對他氣憤，也無法忘記他一樣。

那天石慧離開湖畔之後，她心情的難受，比白非尤有過之。

女孩子的心胸原本狹窄，對愛情有關之事，更加想不開，石慧想到白非和那紅衣少女並肩在皮筏上消失在水雲深處的光景，心裡就不禁泛起一陣劇痛，像是有什麼在噛齧著她的心似的。

她想到種種有關天妖蘇敏君的傳說，再想起那紅衣少女的那一雙水汪汪的眼睛，氣憤地忖道：「你不知在那裡胡混什麼，卻讓我在這裡瞎等。」猜疑和嫉妒，永遠是愛情最大的敵人，這兩種情感使得她頭也不回的離開了青海湖。

然而一陣奔馳之後，她卻再也無法支持，數日來的疲勞和饑餓，使得她的四肢有如縛著千斤鐵索那樣的沉重，「我是不是病了？」她焦急地問著自己，終於在一處帳篷前倒了下來。

那座帳篷的主人，像所有遊牧民族的男人一樣豪爽而好客，將這無助的孤身女子帶回帳蓬，給了她一碗滾熱的羊乳，也給了她一大段安適的睡眠，而就在她恬睡的時候，白非從那帳篷的旁邊行了過去，也就是這一層薄薄的帳幕，在白非和石慧之間造成了比千山萬水還要遙遠的阻隔。

在帳蓬裡她竟耽了兩天，等到她的體力完全恢復之後，她的心情卻接著虛弱了，她知道自己多麼渴望白非那一雙強而有力的臂膀的擁抱，只是她將這種渴望壓制著，幾乎將她的心壓得能夠擠出滴滴苦汁。

她需要安慰，於是她想到了她的父母。

越過甘肅，她急切的要投到母親的懷裡，縱然無影人丁伶在世上所有人的心目中都是個殺人不眨眼的女魔頭，然而在她女兒的目光中，她卻是天下最慈愛的母親。

她不是沿著來時的道路走，而逕自穿向陝西的南部。

陝西省的北部為黃土高原，高度都在一千公尺以上，溝谷縱橫，坎坷不平，可是中南部渭河平原這一帶，情況便大不相同。

黃昏時，石慧到了西安，因為她和白非同行時，銀子多半放在她身上，因此此刻她有足夠的錢，在路上買了匹驢子，在暮靄中，她看到西安城宏偉的城都，巨大的影子長長投到她身上。

她原無固定的目的地，因為她知道她的母親此刻一定還沒有回家，於是她就鞭策著那匹瘦弱的驢子，走進了這座聞名的古城。

西安城內的繁華，在西北這一帶是可稱首屈一指的，石慧騎著驢子走在青石板鋪成的路上，望著兩旁的行人和繁盛的市場，心卻遠遠的不知飛向什麼地方去了。

她將那匹驢子繫在一條青石樁上，然後在古街上溜了一陣，雖然心情悶得要死，但是她還是在一間針線鋪裡買了一條繡花手巾，然後她隨意溜了一陣，走進了一家飯鋪，準備吃些東西。

世間的事往往都是巧合，石慧若不是走到這間飯鋪裡吃飯，那麼她此後的行止便可能完全不同，然而她卻走了進去，樓下的座位雖然有空的，但是她仍然上了樓，擇了個靠近窗口的座位，她隨意點了兩樣，堂倌極不滿意，因為是價錢最便宜的菜，她也不以為意，便從窗口眺望西安城內的夜市。

突然，樓梯一陣山響，走上來兩個人，石慧不經意望了一眼，然而在她座位旁的另一張桌子上的兩個人卻站了起來，高聲招呼著：「慶來兄、青絡兄，請過來這邊坐。」

走上來的兩條大漢也哈哈大笑了起來，大聲道：「想不到，想不到，在這裡會遇著你們。」

說著話，把臂走了過來，一屁股坐在椅子上，險些將椅子的四條腳都壓斷。

本來坐在石慧旁邊的一個瘦長漢子哈哈大笑著說道：「慶來兄，小弟真想不到今天你也會跑到這裡來，平常你是最喜歡看熱鬧的，怎的現在你卻連那一場熱鬧都等不及看呢？」

那慶來兄歎了口氣，道：「我實在想在那裡多留兩天，等那場熱鬧看完了再走，可是我身不由主，卻非來這不可，真叫人肚皮都氣得破！」

原先也已坐在樓上的另一人，此刻插口說道：「你們說了半天，到底是有什麼熱鬧好看呀？」

先前那人道：「約莫兩個月前遊俠謝鏗自己在小柳舖斷自己的兩條手臂那件事，你總該知道吧？」

他等到那人一點頭，又道：「像人家那樣兒，才真夠稱得上是大俠客，臂膀砍斷了可一點也沒含糊，照樣挺著腰板子，說是一定報仇，可是他說是說，大家聽了，可誰也沒有在意，兩隻手都沒有了的人，可怎麼能報仇呢？何況對頭是鼎鼎大名的無影人，哪知——」

他一口氣說到這裡，卻賣起關子來，故意端起桌上的酒，慢條斯理的啜了一口。

石慧本沒有留意他們的談話，只是他們說話的聲音太高，想不聽都沒有辦法，可是等到這滿口北方味兒的大漢說到遊俠謝鏗和無影人時，石慧的耳朵就豎了起來，恨不得過去催那人說才對心思。

那漢子「啪」的放下杯子，蒲扇大的巴掌在桌上一拍，接著又道：「哪知前兩天遊俠謝鏗就在榆林關裡關外貼滿字柬，說是他要到那鄂爾多斯高原上紅柳河邊的小柳舖上，等那無影人十天，說是他憑著兩隻腿，就要清算舊賬，叫無影人十天之內到小柳舖去，不然他就到別處去找無影人——」

另一人插口道：「遊俠謝鏗武功雖然不錯，但他兩條手都沒有了，還要去找人家挑戰，這不是活得不耐煩了嗎？」

那人連連搖頭說：「非也，非也，你真是聰明一世，糊塗一時，想那遊俠謝鏗是何等人物，不用說也是在你我兄弟之上，他既然肯這樣大張旗鼓，當然是十拿九穩，而那位無影人二十年前大名就非同小可，當然也不是好惹的角色，看到謝鏗的那種像告示牌一樣的挑戰，當然也一定會趕到小柳鋪去，這一下，小柳鋪又有熱鬧好看了！」他哈哈一笑，又一拍桌子，搖頭晃腦的說道：「這只便宜了小柳鋪上開著店舖的那些人，自從千蛇劍客那檔子事後，小柳鋪做買賣的人就發了財，現在都蓋了新房子了。」

那位「慶來兄」接口笑道：「苦就苦了我，聽你口沫橫飛的一講，講得我心癢難抓，這麼熱鬧的場面，我可就是看不著。」

話一說完，四人都笑了起來。

石慧聽得心裡怦怦跳著，暗暗忖道：「原來那個小鎮就叫做小柳鋪，聽這人一說，媽一定會到那裡去了。」她想到可以找到媽媽自然高興，可是想到媽媽已處於危險之中又不免擔心，心中忐忑之中，菜已送上來，可是她哪裡還吃得下？匆匆結了賬，就下了樓。

走到原來她繫著驢子的青石樁上一看，那裡只剩下光溜溜的一條石樁，繫在上面的驢子卻不知跑到哪裡去了，石慧想不到這麼瘦的一條驢子還有人偷，氣得直跳，但也沒有辦法。

她已沒有錢再買一條，於是她安慰著自己：「憑我這兩條腿，怕不走得比驢子快！」一咬牙，就踏著大步走出了城。

小柳風雲

她心裡著急，一到無人之處，就展開輕功，連夜奔馳之下，過富平、銅川、黃陵、甘泉，越延安、安塞，至綏德，沿無定河北上，經過了這一大片古時的戰場，而出榆林關。

於是，她又回到了那在伊克昭盟沙漠邊已經近於沙漠的黃土高原上，那熟悉的塞外風沙，使得她不禁又憶起白非。

一路上，她也碰過不少武林人物，然而她在惶恐之下卻沒有向別人打聽什麼，當然也不知道小柳舖上到底已發生過什麼事沒有。

到了小柳舖，一腳踏上那條小路，她才知道這小小的市鎮果然已有了極大的改變，最顯著的是兩旁多了數十塊店招。

然而這小鎮雖然已比以前繁盛，但是卻平靜得很，看不出有什麼熱鬧發生過的樣子，石慧不知道即使是一塊巨石投入水中，它所激起的漣漪，也是很快就會消失的，她還在暗自慶幸著，自己在任何事都沒有發生的時候趕到了。

小柳鋪雖小，但是要找一個人還是不大容易，尤其是此刻的石慧，想了想，她只有向別人打聽，而據她經驗所及，無論要打聽什麼事，最好的對象當然就是酒樓菜肆中的堂倌、小二。但是她一問之下，才知道自己已經遲了。

原來幾天之前，這小鎮鋪上就又生出一件為天下武林所觸目的大事。

那飯鋪中的店小二在接過石慧的一些散碎銀子之後，口沫橫飛的說道：「那天下午，我們鋪裡來了一個全身穿著黑衣服的人，右臂上纏著布條，像是受了傷，可是這些日子來我們江湖好漢見得多了，受傷的人更見得多了，也沒有怎麼注意他。」

「那人身材不高，走到我們鋪裡，就叫了好多菜，可是卻又不吃，我也不敢多去招惹他，因為他那一張臉又冷又硬，像是剛從棺材裡跑出來似的，看一看都會嚇死人。」

石慧聽他光說閒話，不耐煩的催他快講，那店夥雖然會說普通的中原方言，卻又說得不十分高明，他努力的說下去道：「那時候，我們小柳鋪上的每一家店舖裡差不多都貼著一張紙條，那是一位叫做遊俠的大俠客貼在這裡的，上面寫著的話大概的意思就是，他要找一個叫無影人的人報仇，我們店裡也貼了一張。」

說著，他手朝靠南的牆上一指，石慧隨著望去，看到那牆上新塗上一大片白堊。

店夥計接著又道：「那張字條原來就貼在那塊剛鋪上的地方，那穿著黑衣服的人一看到那張字條，身子就像鳥一樣的飛了起來，朝那張字條一抓，真有本事，他隨便一抓就把那麼牢固的牆抓壞了一大片。」

店夥摸著頭，彷彿對這種有本事的人非常羨慕，接著又道：「後來，我才知道這全身穿著黑衣服的小瘦子敢情就是無影人，他剛抓下那張字條後，就有一位長得瀟灑得很的年輕劍客跑了進來，這年輕的劍客也是大大有名的角色，叫做六合劍丁善程，跑進來之後就朝那無影人一拱手，那無影人卻大剌剌地坐在那裡不理他，六合劍也不生氣，只對無影人說遊俠謝大俠在外面等著他。」

這店夥原來口才極好，像說書似的一講，石慧聽得緊張已極，那店夥一笑，道：「昨天有位大爺帶著兩個女孩子來這裡，也是問這些話，聽得也是緊張得很，跟你——」

石慧不耐煩的一拍桌子，催道：「快說下去。」

店夥暗暗吐舌，只得轉回話題，接下去道：「當時我就奇怪，這位無影人右手受了傷怎麼還能打架？哪知後來我跑出去一看，嘿，您猜怎麼著？」他故意一頓道：「那位遊俠謝大爺呀，竟是兩條手都沒有了，只剩兩條腿，可是人家果然不愧是大俠客，雖然成了殘廢，但是站在那裡還是威風凜凜的樣子，一點兒也不顯得狼狽、寒酸。」

他竟一伸大拇指，又道：「這位謝大爺可真是個好漢，看到無影人來了，就仰天大笑了一陣，笑得聲音震得我耳朵直嗡嗡，兩人面對面的剛說了幾句話，旁邊就圍滿了不知多少人，敢情有人就專為著要看這場熱鬧趕到小柳舖來的，因為我去得早，所以站在前面，後來我怕後面的人看不到，就索性坐下來了。」

這店夥彷彿得意已極，接著道：「那無影人三言兩語之下，身子不知怎麼一動，就掠到謝大爺身前，左手一晃，就朝謝大爺劈了過去，謝大俠沒有手，當然不能還手，可是人家那兩條腿卻厲害得緊，像扭股糖似的，左面一拐，右面一拐，無影人根本連邊都摸不到他的。」

這店夥像是對謝鏗極為推崇，對無影人卻無甚好感，石慧不禁哼了一聲，店夥看了她一眼，也不知道她哼的什麼，又道：「這兩人本事都大極了，就在我們街頭的那一大塊空地上打了半天，我也看不清他們到底怎麼動的手，只看到兩條人影上上下下、左左右右、前前後後的動著，看得我眼睛都花了。」

「兩人打了半天，忽然颼然一聲，從人頭上又飛進來個人，是個三十多歲四十來歲的男子，長得文文靜靜、清清秀秀的，我要不是親眼看見，可真不相信他也會有本事。」

石慧暗忖，這人必定就是她父親石坤天，知道了這消息後也趕了來，她心裡不禁一定，因為她知道她父親的武當劍法還在那天中六劍之上，她父親一來，她母親就不會吃虧了。

那店夥接著道：「這人一飛進來，就大叫無影人和謝大爺住手，哪知道這時候那位六合劍丁大爺也飛了出來，攔住那個人不讓他跑到謝大爺動手的地方去，那人不答應，兩人三言兩語，也打了起來。」

「這兩人一打，可更熱鬧，原來兩人都使劍。一動上手，只見滿天劍光亂閃，四面的人都嚇得直往後退，生怕劍光碰著自己。」

「這時候，大家都只恨爺娘少生了兩隻眼睛，看了這一堆，就顧不得看那一堆，我暗地一盤算，知道正主兒是謝大爺和無影人，六合劍他們不過僅是陪襯陪襯而已，所以我的兩隻眼睛，就集中了全部精神朝謝大爺這面看。」

「可是那邊劍光像是幾乎幾百雙長銀色翅膀的蝴蝶似的滿天飛舞著，我有時也捨不得不看兩眼，可是無影人突然慘叫了一聲——」

石慧緊張得竟站了起來，店夥看了，不敢再賣關子，趕緊說下去道：「我眼睛朝那面一看，那邊動手的兩個人已經倒下一個，我也沒有看清是怎麼倒下的，後來我聽一位好漢說了才知道！」

這店夥喘了口氣，石慧暗自默禱，希望倒下去的是遊俠謝鏗，而不是自己的母親——無影人。

那店夥見到她臉色發青，心裡有些奇，接著又道：「原來謝大爺和無影人打了半天，可說得上是棋逢敵手，將遇良材，打了半天還是沒有結果，後來不知怎麼一來，謝大爺張口一噴，從嘴裡吐出一粒小丸子來，颼然打向無影人。」

「而無影人那時候正用了一招什麼春燕剪波，看到那粒小丸子打來，就往旁邊一閃，哪知謝大俠早已算好了她這一著，本來踢向右邊的一條腿，這時候突然一拐轉，朝她腰上踢去。」

「可是無影人也自了得，在這種時候，還能又一扭腰，右掌颼然下切，唉

——但是她忘了右掌已經受傷，根本不管用了，謝大爺一腳著著實實踢在她腰眼上，另外一隻腳也跟著飛了起來，砰然一聲，也就踢在她右邊的胸前——」

石慧聽得心膽俱裂，「叭」的一掌將桌上的茶杯都震飛了起來，那店夥一打哆嗦，一想起昨天帶著兩個女子的少年，聽到這裡也是面目一變，他怔了一會，趕緊陪著笑說道：「他們這些武功，我可不知道，這是我聽別人吃飯的時候說的，還說謝大爺那種腿法是什麼久失傳的飛燕爪，我也弄不明白，明明是腿法，為什麼卻又叫做爪。」

石慧強自忍著淚珠：「說下去。」

那店夥才又說道：「無影人被謝大爺這兩腿踢得往後飛了幾尺去跌倒地上，旁邊看著的人都叫起好來，敢情這謝大俠人緣很好。」

石慧又冷哼了一聲，臉上的顏色難看已極，眼睛都紅了，那店夥一看，暗忖：「這女子大概和那無影人是朋友。」暗暗一伸舌頭，將翻了的茶杯扶好，才又接著往下面說道：「可是我看起來，那無影人也蠻不錯。」偷偷一望石慧，又道：「六合劍丁大爺和那人一看這面的情形，就馬上住了手，六合劍掠到謝大爺旁邊，顯得很高興的樣子。」

「另外那個英俊的中年人卻和無影人是朋友，飛一樣的跑到無影人那邊，去看無影人的傷勢。」

那店夥搖著頭說道：「那時候的無影人滿身是血，睜開眼睛看見了那位男子，低低的說了兩句話，誰也沒有聽到，那位中年劍客就橫抱起她來，一句話都沒有說，就從人堆裡往外面掠了出去。」

「他們到哪裡去了？你知不知道？」石慧又焦急的問道。

那店夥又搖了搖頭，道：「這我也不大清楚，那位謝大爺等到那位中年劍客抱著無影人走了後，就對四周的好漢說了幾句話，意思就是說他自己的恩仇都已清了，以後他也不想再過問江湖上的事了。」

「有好些人還跑過去恭喜他，他應酬了一下，和那六合劍丁大爺一齊走了，臉上可並沒有什麼高興的樣子。」

「那位中年劍客帶著無影人還在對面那家客棧裡住了兩天，那無影人的傷重得很，只剩下最後一口氣的樣子，後來那位中年劍客就雇了輛車，帶著無影人朝南面走了，我看——」

他一看石慧的臉色，下面的話就機警的頓住了，改口說道：「我看姑娘最好到對面那家客棧去問問，是那家客棧的小潘替他們雇的車，也許能夠知道他們往哪邊去了也不一定。」他拿起毛巾：「姑娘，你還沒有點菜呢，要吃些什麼呀？」

話剛說完，石慧已經跑出去了。

心亂如麻

石慧此刻的心情，亂得彷彿一堆亂麻似的，哪有心情來聽這店夥的廢話，她極快地穿過街，走到那家客棧，尋著小潘一問，那小潘像所有做這種事的人一樣，也是個多話的。

他原原本本地向石慧說道：「他們在這裡住了兩天，那位無影人委實傷得太厲害，我一看不對，就替他們雇了輛車，講明的是先到西安，再到湖北，一共是五十兩銀子腳力錢，姑娘假如要找他們，也容易得很，因為那輛車是老劉的，那匹馬少了一隻左耳朵。」

石慧得到了確訊，在這小柳舖上連歇息都沒有再歇息一下，就又往南面折回，一面懊悔著自己在路上不曾留意，否則也許先前就會在這條路上遇著他們也未可知。

此刻她心緒完全迷亂了，入了榆林關之後，她已和先前成了兩人，這麼多天來，她幾乎未飲未食未眠，衣衫鬆亂了，頭髮也是鬆亂了，嬌美如花的面孔，已完全失去了以前的風韻。

路人都側目而望著她，她卻視若無睹，目光急切的搜索著每一匹拉車的馬，但令她失望的是，每匹馬都完整的生著兩隻耳朵。

由來路回走，這是一條當時行人必經的官道，來往著絡繹不絕的旅人，行色雖然都是匆忙的，然而石慧的匆忙卻更遠在任何人之上，她幾乎在光天化日下行人這麼多的道路上就施展出夜行功夫來，腳不沾塵地往前走。

天色既暮，路上的行人漸稀，她仍然急切地趕著路，直到天完全黑了，筆直伸向遠方的道路上再也沒有一條人影——

驀然，她聽到一種在打鬥時所發生的喝叱聲，那是來自路旁的一片疏林裡，她心中雖好奇，但此刻有著急事，她也沒有這份心情去看一看，極快的從那片疏林外掠了過去。

然而她身形一轉，又掠了回來，因為她突然聽到那喝叱聲音裡有一個聲音是她所熟稔的，熟悉得她不得不轉回來。

凝目往林中一望，她就看到林中有劍光繚繞著，還有馬嘶聲，她毫不遲疑的一掠而入，目光動處，不禁也驚呼出來。

原來這片疏林占地頗狹，穿過林子，就是一片荒地，此刻荒地上停著一車馬車，車窗緊閉，車轅旁畏縮地站著一個人。

馬車前有三個人在極為劇烈的搏鬥著，其中一人長劍縱橫，抵敵著對方的兩件奇門兵刃，她不用看清那人的面貌，從那人那種輕靈的劍法和身形上，她就可以知道那人就是她的父親——石坤天。

她驚呼著掠了上去，石坤天眼角動著，看見是她，也喜極而呼出聲來。

原來丁伶身受重傷後，石坤天照顧著她在小柳鋪上的客棧中靜養了兩日，丁伶的傷勢越發沉重了，石坤天心情的悲哀和沉重可想而知，他自家是武當高手，對丁伶的傷勢如何看不出來？他知道丁伶的死只是時間問題了。

於是他照料著丁伶南下，因為他覺得人都是應該死在他的故土，再者，他還希望能夠有奇蹟出現，能夠有人治癒丁伶的傷勢。

他們自然走得極慢，白天路上行人紊亂，嘈雜聲又多，他體恤傷者，索性夜間趕路，哪知走到黃陵過來的這一段路上——

石坤天正支著車窗，向外下意識的看著夜色，突然，他覺得在馬蹄聲和晚風聲之間似乎有一種夜行人行動時的聲響，當然，那需要極為敏銳的聽覺才能從車聲和晚風聲中辨別出來。

但是石坤天認為自家並沒有警戒的必要，因為他自家根本素無仇家，而丁伶，誰都知道她已是奄奄一息的重傷之人。

但是，車子突然一傾，向左面作了一個急遽的轉彎，車夫的驚叫聲，馬的驚嘶，突然從車廂前面傳了過來。

石坤天雖然隱息多年，但他終究是在江湖上久經闖蕩的人物，雖然知道已經突生變故，但仍然沉得住氣，厲聲喝問了一聲。

前面並沒有任何回答，石坤天拔開門栓，悄悄推開門，馬車在有些顛簸的前行著，他伸手一搭車頂，身軀倏然靈巧地翻了上去，寒光一引，已將背後斜插著的長劍撤了出來。

前面趕車的腳夫兩側，一邊夾著一人，已經奪過韁繩，將馬車趕到荒地上去，石坤天劍眉一立，厲聲道：「停住。」

話聲未落，手中青光暴長，匹練似的殺向前座那突來的暴客，他知道這兩人心懷叵測，是以下手也絕未容情。

那人縮肩藏身，「刷」的從車座上翻了下去，石坤天劍勢一轉，虹飛天畔，劍光微顫間，「刷」的點向另一人腦後一寸的啞穴，然後劍光微錯，再分掃兩目後的「藏血」穴。

那人冷笑一聲，右手一支車座，「刷」的也往前面掠下，拉車的馬受了驚嚇，仍往前奔，石坤天身形一長，緊緊抓住了韁繩，那匹馬空自發威，竟無法再往前面移動半步。

突襲的兩個暴客一左一右站在車的兩側，石坤天目光動處，看到這兩人身材一高一矮，全身都裹在一件黑緞子的短衫褲中，頭上也用黑緞包著頭，身材高的粗眉大眼，身材矮的眉清目秀，他想了想，自家生平從未見過此兩人。

他一腳踏在車座上，厲叱道：「朋友深夜中攔住兄弟的車子，竟欲何為？若兩位是合字上的朋友，上線開扒，也該看得出兄弟身無長物，若要幾兩銀子的盤纏，兄弟身上倒有。」他一張口就是老江湖的口吻，話說得極為漂亮，可又一點兒也沒有透出含糊。

那兩人動也不動的聽著他說話，等他說完了，才陰陰一笑，道：「你少說亂話，我兩個大爺要找的是你帶著的那個瘦小子，我兩個大爺和他有殺師之仇，今天一定要把他殺死。」他說的話，完全不像華夏後裔所說，也不是中原口音。

石坤天暗暗皺眉，他也知道自己愛妻生平結仇極多，不知怎的又結上了這兩個仇家，而且這兩人來路詭秘，又顯得有點兒怪，不知道是何來歷，略一思索才沉聲說道：「朋友高姓大名，和她有什麼解不開的樑子？她已身受重傷，朋友有什麼話，就都全衝著我姓石的來說好了。」

那高身材的漢子又陰陰的一聲怪笑，說道：「你不認得大爺我，大爺我倒認得你的。」怪笑聲中，突然伸手將包在頭上的黑緞子扯了下來，石坤天這才一驚。

原來這漢子頭上光禿禿的，是個和尚，石坤天再一仔細打量，心中一動，突然想起這和尚就是天赤尊者的弟子之一。

原來這兩人果然是天赤尊者的兩個弟子，他在千蛇之會上以天雷神珠炸傷群豪，又在混亂中背去天赤尊者的屍身，躲過了岳入雲的追蹤，將天赤尊者的屍體略一檢視，才知道天赤尊者在中白非一掌之前已經身受了劇毒。

這高大和尚原來是天赤尊者的首徒，天赤尊者生性極怪，他的幾個徒弟也唯有他被傳過兩手真功夫，是以他能避過岳入雲，又能再次潛回靈蛇堡，用數十粒天雷神珠再將靈蛇堡炸的一塌糊塗。

他不但武功在同門之上，心機也極深沉，不知怎麼，竟給他打聽出來那曾和他師父動過手的瘦小漢子就是專會施毒的人，他一想之下恍然大悟，就追查到丁伶的下落。

他知道丁伶受了傷，打聽出來丁伶坐了這麼樣一匹少了隻耳朵的馬拉著的車，這樣，他們才趕了來，將石坤天攔在路上。

石坤天雖然已知道他們是天赤尊者的徒弟，可是卻不知道自己的愛妻和他們之間有什麼仇怨，更不明白怎麼會有殺師之仇，「難道憑伶妹就能夠殺了天赤尊者？」

他不禁有些奇怪了。

長劍殲敵

石坤天正自疑惑間，那高大的和尚已一聲怒吼撲了上來，掌中寒光一點，是一枝似笛非笛似簫非簫的奇門兵刃。

另一個不問可知，就是天赤尊者的四個女徒其中之一了，也揮動著一條銀色的長鞭，揮向石坤天，石坤天當然不能在車上動手，身形一動，掠了下去，手中長劍劍花錯落間分刷兩人。

武當九宮連環劍，劍式輕靈，那和尚腳跟半旋，掌中奇門兵刃順勢一劃，半途手腕一挫，點向石坤天結下二寸六分的「璇璣」重穴，隱帶風雷，顯見得內功頗具火候。

「行家一伸手，便知有沒有。」石坤天見這和尚一式甫出，就知道這天赤尊者的徒弟手下頗有幾分真實的功夫。

他突然沉肘挫腕，自劍上引，劍身突然斜斜一劃，正是武當九宮連環劍裡的妙著「神龍突現」，又削那和尚的手腕，腰畔突有風聲一凜，那女徒的銀鞭已帶著風聲橫掃他的腰間。

那高大的和尚悶哼一聲，腳跟又一旋，手腕一扭，掌中兵刃「刷、刷」，突然在石坤天絕對料想不到的部位點向他腋下三寸、乳後一寸的「天池」穴，腳下所踩的方位，也是中原武林所無。

那女徒掌中銀鞭也劃了個圓圈，一旋一帶之下，掃向石坤天的頂間。

石坤天微微一驚，劍光一引，身隨劍走，刷、刷又是兩劍，他在這九宮連環劍上已有數十年的造詣，每一出手，時間、部位都拿捏得極隱、極準，劍扣揮環，招中套招。

但是這天赤尊者的兩個弟子，一來是因為在人數上占了優勢，再者卻是因為那高大的和尚在危急之間，便會倏然使出一手怪招，而那女徒的無骨柔功，也使得石坤天頗難應付。

最主要的卻是他這些天來心中悲傷惶急，幾乎是目未交睫，水未沾唇，在功力上自然打了個極大的折扣，而且武當劍法以輕靈為主，而石坤天卻不敢輕意掠動身形，因為他必須守在這馬車前，保護著車內的丁伶。是以交手數招下來，這武當劍客不但未能占得上風，而且縛手縛腳，已有些相形見絀。

就在這時候，林外一聲驚呼，極快的掠進一條人影來。

石坤天目光瞬處，見到掠來的這人影竟是自己的愛女，大喜之下也叫了出來，劍式上卻不免微一疏神，被人家搶攻了數招。

石慧當然還弄不清自己的爹爹為什麼會和別人動手，但她也根本不需要知道原因，一聲嬌叱，迎了上去，雙掌齊出，迎向那女徒。原來她身邊從來不帶兵刃，此刻只得以空手迎敵。

幸好這女徒武功並不甚高，掌中雖有銀鞭，銀鞭中也偶有一兩式奇詭的妙著，但石慧武學既雜，輕功又高，婀娜的身軀如穿花的蝴蝶，圍著她三轉兩轉，已占了上風。

那邊石坤天也自精神陡長，劍式如長江大河之水，滔滔不絕地壓向那高大的和尚。十招過後，那和尚覺得壓力大增，心中已微微作慌，而那邊的石慧在連換了武當的七十二路擒拿手和終南的形意象拳兩種招式後，右掌自銀鞭的空隙中穿出，砰然一掌，擊在那女徒的右面肩胛上。

石慧掌力雖不雄厚，但這一掌著著實實的打中，也不是那女徒禁受得了的，她一聲慘呼，手中長鞭落地，石慧得理不讓人，雙掌一圈，伸縮之間，掌緣又切在那女徒的胸肋上。

那女徒「叭」的仰面跌在地上，石慧身形一動，跟過來又是一腳，踢在她的腰眼，這一腳的力量更大於掌力，她瘦怯怯的一個身子，隨著石慧的一腳，又打了兩個滾溜，伏在地上，身受這幾處重擊之後，眼看她已是無救的了。石慧冷笑一聲，側過身子去看她爹爹動手的情形，那高大的和尚見到同伴受創，心中更作慌，手中兵刃左支右絀，越發招架不住。

石慧知道這人不出十招，就要傷在自己爹爹的劍下，索性站在旁邊袖手而觀，心中動念之間，又跑到傷在她手中的那女徒身側，想看看這人傷得究竟如何，因為此刻她心性已改，忽然想到自己和人家究竟有什麼過節還不知道，如果胡亂就傷了人家的性命，豈非有些說不過去。

哪知她剛剛走到那人的身側，那女徒的下半身突然像魚尾似的反捲了上來，石慧猝不及防，萬萬沒有想到人家會有此一著，竟被那女徒以無骨柔功而踢出的兩腿踢在小腹上。

她痛極之下也叫出聲來，隨聲一腳，又將那女徒踢飛了出去，但自己也痛得蹲了下去，冷汗涔涔而落，若不是那女徒身受重傷，力已不繼，否則這一腳踢在她小肚上，她焉能還有命在？

石坤天聽見愛女的慘叫聲，心中急怒交加，長劍斜削，劃起長虹，削向那高大和尚的喉下。

那和尚手中兵刃方自一架，哪知石坤天劍到中途卻倏然轉變了個方向，斜削之勢猛然一拖，手腕一抖，抖起點點的劍花，那和尚只覺眼前劍光繚繞，心膽俱裂之下，胸前已著了三劍。

英雄落淚

石坤天這三劍正是生平功力所聚，最後那一劍竟由那和尚的「巨闕」穴上直刺了進去，須知「巨闕」在鳩尾下一寸，是為心之幕也，又謂之「追魂穴」，手指一點，便能致人之死地，何況石坤天的這一劍幾乎刺進半尺，那和尚登時便氣絕了。

他拔出長劍，連劍身上尚在順著劍脊往下滴的血他都不再顧及，忙一縱身掠了過去，此刻石慧的臉色已經痛得煞白了。

石坤天長歎一聲，將劍收回於匣內，雙手穿過石慧的腿彎和脅下，將她抱了起來，掠回車旁。

那車夫幾曾見過這種鮮血淋漓的場面，嚇得兩條腿不住哆嗦，一見石坤天走過來，趕緊為他打開車門，可是幾乎手軟得連車門都開不開了。

石坤天將愛女捧進車廂，吩咐車夫繼續往前面趕路，不一會車聲轔轔，已走上正道，東方的天色也已泛起出魚白。

石坤天望著身畔的愛妻愛女，心中彷彿堵塞著一塊巨大的石塊，為了丁伶，他甘冒大不韙竟叛離了師門，他當然也知道叛師在武林中是如何一種嚴重的事，而他居然做了，由此可知，他對丁伶情感之深是別人無法知道的。

但此刻的丁伶已是氣如遊絲，危如懸卵，車輪的每一次轉動，都可能是她喪命的時刻。

而他唯一的愛女此刻也受了重傷，雖然他知道性命無礙，但骨肉情深，他自然也難免心痛，輕輕的為她推拿著。

漸漸，她痛苦的呻吟稍住，這時天光大亮，他們也已到了宜昌，便自然休息了下來。

在客棧裡，痛苦稍減的石慧，伏在她母親身上哀哀地痛哭著，石坤天也傷感地流下這武當劍客生平難落的眼淚，英雄有淚不輕彈，只因未到傷心處。到了傷心之處，英雄也會落淚的。

驀然，丁伶悄悄張開眼來，石坤天虎目一張，一步踏了進去，喚道：「伶妹。」無窮的傷感和關懷，都在這兩字中表露出來。

石慧也哀喚著媽媽。

丁伶慘然一笑，眼中突然現出光采來，石慧高興得幾乎跳了起來，石坤天望著丁伶，心中卻哀痛的在想：「是不是迴光返照？」

丁伶的目光緩緩自石慧和石坤天面上掃過，看到了她丈夫面頰上晶瑩的淚珠，在這一剎那間，她突然覺得上天已經賦予她極多，在臨死的時候，還讓自己的親人陪著自己。

也就在這一刻裡，她覺得自己的憤世嫉俗、懷恨蒼生的心理都錯了，她甚至後悔自己在這一生中所做的大多數事。

於是她讓自己的目光溫柔的停留在她的丈夫身上，她覺得世上唯有他才是自己最親近的人，數十年來對黑鐵手的懷念，此刻都完全消失了，在這險境的時候，她才發現自己愛著的究竟是誰。

她微弱的呼喚道：「大哥，大哥……你……你不要替我報仇了，我高……高興得很……現在還能見著你，已…已經……足夠了。」

這斷續、微弱的聲音，使得石坤天的心都幾乎碎了，他又搶上一步，握著丁伶的手，輕輕地呼喚著丁伶的名字。

他的呼喚和石慧的呼喚交雜成一首任何人都無法譜出的哀曲。

驀然——

門外有人重重的咳嗽了一聲，又輕輕的敲著門，石坤天回頭一望，一個長身玉立的少年已悄然地推開門，悄然走了過來。

石坤天覺得這少年面目陌生，正自奇怪他為什麼會冒失的闖了進來，然而石慧一見這人，一顆心卻幾乎跳到腔口了。

原來這少年就是白非，在靈蛇堡裡，他以九抓烏金扎削斷了縛魂帶，將在那陰森幽暗的石窟困居了數十年的老人——常東昇救了出來，完成了他對這老人所做的諾言。

不必描述，常東昇心情的興奮是可想而知的，他幾乎已忘卻了外面的世界是什麼樣子。

人們的語言、精美的食物，使得這老人家孩子似的高興著，他拉著每一個人陪他說話，而口幾乎不停地嚼著食物。

可是白非在聽到謝鏗和丁伶小柳舖的一段事後，就辭別了這對他極為青睞的老人，和樂詠沙及司馬小霞趕到小柳舖。

也和石慧一樣，他在那飯鋪中得到了石坤天和丁伶的去向，也追了過來，他的心情也是極為愴然的，因為他認為丁伶的右手若未受傷，可能不會如此，而丁伶的右手被折，卻是間接的為了自己。

他對丁伶的為人如何是另外一回事，但無論如何，丁伶是石慧的母親，任何石慧的親人，他都認為是自己的親人，何況是她的母親！

他悲哀著到了宜昌後，便投宿在客棧裡，忽然聽到鄰室的哭聲是他極為熟悉的，他跑了過來，更確定了這哭聲是發自石慧。

因之他推門而入，在他和石慧目光相對的那一剎那裡，四周的一切聲音、顏色、事物都像是完全凍結住了。

他只覺得全身都在石慧的目光所注之下，除了石慧的目光外，任何事都不再存在，就連他自己都像是在可有可無之間。

悠悠別鶴

石慧此刻的心情也是極為複雜、矛盾的，她不知該理白非好，還是不理他的好。

丁伶眼角瞬處也看見白非，氣憤使得她幾乎從床上支坐了起來，喝道：「滾出去，滾出去——你還有臉跑到這裡來？」聲音雖然微弱，但聲調卻嚴厲，森冷得使白非聽了，為之全身一凜。

石坤天的眼睛，也銳利如刀地瞪在他臉上，白非心裡長歎著，默然的垂下了頭，默默的移動著步子，倒退著走了出去。

石慧為這突生之變怔住了，她不知道自己的母親為什麼會對白非這樣，丁伶悲哀的歎息了一聲，微弱的對石慧說道：「答應媽媽……以後……從此……不和這……人……在一起……」每一個字都像利刃似的插在石慧心上，她一抬頭，看見丁伶的眼睛正在直視著她，她只得輕輕點頭。

丁伶一笑，在她這悲哀的笑容未完全消失之前，她已在她丈夫和女兒的痛哭聲中離開了這一度被她痛恨著的人世。

門外的白非愕了許久，想再跨進門去，可是卻又沒有勇氣，他歎息了一聲，方想回過頭去，身後突然有人碰了一下。

他一驚回頭，背後的那人已宏亮的笑了起來，朗聲說道：「白老弟，真是人生何處不相逢，想不到又遇著了你。」

白非定睛一看，卻正是遊俠謝鏗。

他站在門前，又怔住了，門內的哭聲未歇，門外的笑聲已起，人世間的事為什麼這麼湊巧，為什麼又這麼殘酷。

謝鏗的笑容是爽朗的，雖然他雙臂全失，但卓然而立，仍是頂天立地的一個漢子，在受過如許多的打擊、折磨之後，他比以前更堅強了，縱然他肢體殘廢了，但是他的精神、他的人格，卻因著這肢體的殘缺而更臻完美。

白非望著他，忽然覺得自己是這麼渺小，這麼孱弱，有生以來，這是他第一次生出這種感覺：「即使我是石慧，即使這人殺了我的母親，我也不會對他有什麼仇恨的。」無疑的，他對謝鏗拜服了。

謝鏗看見他失魂落魄的樣子，再聽到室內隱隱傳出的哭聲，濃眉一皺，已經知道是怎麼回事，也想到了白非和丁伶之間的關係，不禁為之稍稍愕了一下，面上也有些惘然的神色。

白非卻勉強笑了笑，道：「世事難測，確是非我等能預料的，謝大俠恩仇既了，可喜可賀，唉，天下芸芸眾生，又有幾人能和謝兄一樣呢！心中磊落無物，方是真正快樂，至於小弟，唉，恩怨情仇，糾纏難解，和謝兄一比，唉，實在是難過得很。」

他一連唉了三聲，謝鏗的濃眉一立，突然朗聲道：「心中無牽無掛，便無煩惱。白老弟，但若人心中都空無一物牽掛，這人世卻又成了什麼人世，人世之中，正需像你這樣性情的人做一番事業，恩怨情仇，卻正是你做事業的動力。白老弟，你又煩惱什麼？痛苦什麼？」

白非一字一句都聽在心裡，宛如醍醐灌頂，心裡頓時祥和起來，突然，身後又有人在他的肩上拍了一下，他轉頭去，一個中年的瀟灑男子正捧著丁伶的屍身站在他背後，眼眶之中，淚痕仍存。

謝鏗見了這人，濃眉又一皺，望著他手上的屍體，心中也不禁一陣慨然，悄悄讓開一步。

石坤天捧著愛妻的屍身，眼中所見，就是殺死愛妻的仇人。

他兩人目光相對，凝視了許久，誰也不知道對方心中泛著的是什麼滋味，終於，石坤天歎息了一聲，向客棧外走去。

白非的眼光，卻凝視著石坤天的身後——

石慧低著頭走了出來，肩頭仍在不住的抽搐著，白非移前一步，站在她的身後，心中的萬千情緒但望稍稍傾訴。

石慧看到他穿著黑緞鞋子的鞋，沒有抬頭，悄然繞過他的身側，縱然她恨不得撲進他的懷裡，但母親臨死的最後一句話，卻生像一道澎湃的洪流，阻隔在她和白非之間。

於是她跟著石坤天悄然向外走去，她知道自己這一去就可能永世再也見不到白非，自己每一舉步，都是在扼殺著自己的畢生的幸福，為什麼呢？她慘然問著自己。

白非望著她的背影，心裡像是有著千萬把利刃在慢慢割戮著，連旁邊望著的謝鏗，都不禁被他面上的愴痛所感動。

他能夠瞭解白非的心情，因為他自己也是性情中人，他恨不得白非能夠追上去，一把抓住石慧，兩個人緊緊擁抱在一起，也恨不得石慧能突然回轉頭來，投向白非的懷抱。

白非呢，他又何嘗不在如此希望著？只是他的腳上像是縛著千斤鐵鍊，無法再向前移動半步。

「我只是希望她能回頭再看我一眼，讓我這一生中永遠留一個美麗的記憶。」白非痛苦冀求著，當然，他不敢冀求得太多，他願意犧牲自己的一切，來換取石慧的最後一瞥。

石慧緩緩走著，已經快走到門外了，門外斜斜照向裡屋來的日光已經可以照在她的腳上。

她何嘗不想回頭去看白非一眼，但是她不敢，因為她知道，只要再看白非一眼，她就會不顧一切地向他懷中投去。

於是她極力克制著自己，但是她能嗎？

她能忘去她和白非一起度過的所有美麗的日子，她能忘去他們講過的所有美麗的話嗎？

她能忘去這一段比海還深的情感嗎？

《遊俠錄》全書完

附言

《遊俠錄》這本書是一個嘗試，裡面有些情節承合的地方，是仿效電影「蒙太奇」的運用，但是這嘗試成功嗎？

《遊俠錄》結束了，真的結束了嗎？

其實放眼天下，又有什麼是成功了的？什麼是結束了的？

【附錄一】

折斷刀鋒——古龍的「大武俠時代」

《武俠小說史話》作者 林遙

一

一九八五年八月下旬的一天，台北天氣溽熱，綠意醉眼，路人揮汗如雨。三十八歲的《聯合報》主筆陳曉林多年後回憶，只記得那天下午「熱得很」。他隻身來到台北士林區的天母地區，敲開了天母四路廿九之八號五樓的門。這家主人姓熊，名耀華，但他最為人熟知的是他的筆名——古龍。彼時的陳曉林不會想到，這將是他和古龍見的最後一面。

天母地區的北邊和東邊，緊鄰台北市的陽明山公園，西邊以磺溪為界，南邊跟士林區的商圈還有雙溪相隔，是台北市郊區的高檔住宅區。

一九五〇年，國民黨政府撤至台灣，有很多官員和外僑都搬進天母地區居住，迨至美援時期，美軍攜其眷屬多居於此，常見美式風格建築，是以此地別具異國風情。

古龍在這裡購房居住，已是功成名就之後。這幢房子面積三百多平方米，按照台灣只計算套內面積的演算法，已屬豪宅。房子很大，但屋裡除了古龍和他的弟子丁情，也只有負責做飯的傭人陳美。昔日的熊宅不拒喧嘩，今時卻彷彿畏怕太多人聲，寧做鬧市中悄靜之石。

古龍的書房面積二十餘平方米，三扇門，一門通客廳，一門通電視間，背面則是一長排落地門，推開落地門便是陽台，空氣流暢、陽光充足。當初的設計和佈置，皆由古龍自出機杼。

書房懸有台灣文壇名宿陳定山親筆擬寫的對聯：

「古匣龍吟秋說劍，寶簾珠卷曉凝妝；
寶靨珠璫春試鏡，古韜龍劍夜論文。」

書房有兩面大書櫃，放置些書，不過這些書並非古龍常看或最喜歡的。古龍交遊甚廣，卻怕朋友對這些書「有借無還」，所以書房裡泰半是無關緊要的書。他把大部分書籍擺在臥房及藏庫裡，據古龍所言，他的藏書少說也有十萬冊，其中甚至包括珍貴的原版和絕版書。

陳曉林此行，是因當時古龍在《時報週刊》連載的一篇稿子已經斷了十天左右。古龍無緣無故斷稿，陳曉林心知古龍身體出了狀況，特地前來看望。

陳曉林看到斷更的稿子是《銀雕》，一九八五年六月三十日開始在《時報週刊》上連載，到一九八五年八月四日斷稿。陳曉林發現連載過程中的文字，時而流暢優美，時而呈現敗筆，讓他頗為不解。

《銀雕》屬於古龍在一九八五年三月開始連載的系列短篇武俠小說集《大武

俠時代》的一篇。

如果翻閱古龍的創作年表，你會發現古龍從一九八三年三月廿六日《午夜蘭花》匆匆擱筆後，再也沒有小說新作，足有兩年後，一九八五年三月一日，他在《聯合報》副刊連載《賭局》，古龍開始萌發一個很大的構想：

我計畫寫一系列的短篇，總題叫作「大武俠時代」，我選擇以明朝做背景，寫那個橫的時代裡許多動人的武俠篇章，每一篇都可以獨立來看，卻互相都有關聯，獨立的看，是短篇；合起來看，是長篇，在武俠小說裡這是個新的寫作方法。

這年四月，作家林清玄拜訪古龍。當時林清玄供職於《時報週刊》，回來後寫了篇散文《敬酒罰酒都不吃——病後的古龍要創新武俠世界》進行推薦，刊於一九八五年四月廿一日《時報週刊》第三七三期。

《賭局》在《聯合報》刊載，以《短刀集》為總題，連續四篇。《賭局》之後為《狼牙》、《追殺》、《海神》，至一九八五年八月八日結束；《時報週刊》以《大武俠時代》為題，連載三篇的《獵鷹》、《群狐》、《銀雕》，一九八五年八月四日停稿，並未寫完。

大陸讀者最為熟悉的，當是一九九二年中國文聯出版公司以《獵鷹・賭局》為名出版的「絕筆」之作，此書沒有《銀雕》這一篇（因其未完），台灣最早的版本萬盛出版公司版也僅有六篇。中國文聯出版公司版本承襲自萬盛出版公司。

「大武俠時代」和「短刀集」是什麼關係呢？

「大武俠時代」分狹義和廣義。狹義僅包括《獵鷹》、《群狐》、《銀雕》三篇，與「短刀集」的《賭局》、《狼牙》、《追殺》、《海神》四篇並列，廣義則將「短刀集」的四篇一併納入。萬盛出版公司在出版時也統稱為「大武俠時代」。

這幾個短篇在台灣連載的同時，也在香港玉郎機構旗下的《清新週刊》連載，由香港玉郎出版社結集為《大武俠時代》出版，《賭局》、《狼牙》、《追殺》合為一冊，標明「大武俠時代之一」，書前有古龍手書的《「大武俠時代」系列叢書・序》：

我這些故事，寫的不是一個人，一件事，也不是一個家族。

我這些故事，寫的是一個時代，寫這個時代一些有趣的人和事，

雖然每個故事全都獨立，彼此間卻又有著很密切的關係。

這個時代，就是我們的——大武俠時代——

這個「序」是《時報週刊》和《聯合報》都沒有的，卻也證明古龍本人亦將「短刀集」四篇納入「大武俠時代」系列。

從情節看，《賭局》等四篇圍繞「賭局」、「財神」展開，《獵鷹》等三篇圍繞「六扇門」破案展開，雖各成系列，但主要角色同為卜鷹、關二、諸葛太平、胡金袖、程小青、白荻、下五門聶家等人，情節亦有關聯，這恰是古龍「聚之為火，散之若星」的構思。

同一系列的故事，卻分別在《聯合報》、《時報週刊》兩處連載，亦是古龍不得已的苦衷。

二十世紀五十年代初期，台灣報業經歷了從重建到緊縮的過程。由大陸轉移

來台的新聞事業與台灣本地新聞事業合流，形成名為自由報業，實為被管控的報業體制。一九五七年，台灣當局對報業採取了諸多限制措施，如限制張數、控制內容等，是為「報禁」。報紙數量因而長期穩定在三十家上下，這其中，以《聯合報》報系和《中國時報》報系佔據市場最大。

《聯合報》源於王惕吾創辦的《民族報》、林頂立的《全民日報》和范鶴言的《經濟時報》。在王惕吾的發起下，三報於一九五一年九月十六日並創聯合版，報名為《全民日報、民族報、經濟時報聯合版》，至一九五三年九月改為《全民日報、民族報、經濟時報聯合報》，於一九五七年更名為《聯合報》。一九七四年成立聯合報股份有限公司，王惕吾任董事長。

王惕吾出身軍職，曾任中國國民黨中常委，地位顯赫。自創立伊始，《聯合報》因與當局關係良好，得以快速發展，擴張規模，至一九五九年取代黨營、公營報紙的優勢，成為當時台灣發行量最大、最具影響力的報紙。

《中國時報》的創立人為余紀忠，也曾是中國國民黨中常委，在政治上頗有實力。

一九五〇年，他創立《徵信新聞》，開始不過是一張油印小報，主要報導內容為物價指數。

一九六〇年改名為《徵信新聞報》，一九六八年三月廿九日開始彩色印刷，為亞洲第一份彩色報紙，一九六八年九月一日更名為《中國時報》，正式成為綜合性報紙。《中國時報》日後又創辦了《工商時報》、《美洲中國時報》、《中時晚報》、《時報週刊》、《中時電子報》等媒體，並將中天電視台納入旗下。

一九七〇年代初，《聯合報》和《中國時報》合占全台灣報紙發行總數的四成，到一九七〇年代末已達六成，嗣後攀升至一九八七年，曾創下七成五的高峰。台灣的報業在一九七〇年代後期突飛猛進，《中國時報》副刊「人間」和《聯合報》副刊為爭奪讀者打起了擂台，這種競爭幾乎席捲整個台灣報紙副刊領域，同時也開啟了台灣副刊最輝煌的時代。

古龍之所以不得不將「大武俠時代」的系列小說分割發表，恰是處於當時《聯合報》系和《中國時報》集團互相競爭極為激烈的時期，二者各自負責相關版面的主編，皆和古龍有頗深的交情。古龍若只給其中一家發表，另一家的主編勢必無法向報業老闆交代。古龍為了不讓朋友難堪，只能同時供稿，以示公平對待。古龍常言：「人在江湖，身不由己。」這恰是他自己的感慨。

彼時的古龍身體狀態已然欠佳，就在陳曉林登門前一個月，「大武俠時代」尚在《時報週刊》和《聯合報》勉力登載。台灣一家新成立的《大追擊》雙週刊也找古龍邀稿，因這家雜誌的合夥人是出身《聯合報》的記者，跑新聞時和古龍建立了交情，古龍一向同情弱勢，明知記者縱然創業，也勢必無法和大報系競爭，然而眼見刊物新創，篳路藍縷，遂激於俠情，仗義出手，提振精神，又開一篇新稿《財神與短刀》。

窗外晚晴，屋內微炙，陳曉林眼見當年神采飛揚的古龍如今神情委頓，作為多年老友，不禁大為心痛。兩人談起連載的「大武俠時代」，古龍卻滔滔不絕，認為新作對人物的刻畫、情節的推動，已進入一個新境界。

一直以來，古龍在武俠小說的創作上「求新、求變、求突破」，到了他生命的最後時期，他在「大武俠時代」寫作中，不僅尋求文字技法的凝練和奇崛，更期望除了「武俠」固有的傳奇性，更能注重日常生活的書寫。

古龍曾向林清玄提到，他希望至少能再活五年，以完成這個寫作計畫。這次面對陳曉林的問詢，他更加嗟歎，說若能再活五年，他不僅可以完成「大武俠時代」，而且可以將已構思成熟並擬具大綱的《一劍刺向太陽》、《蔚藍海底的寶刀》、《明月邊城》三個長篇故事都親筆撰成。他自信，這些合起來，可以充分發揚武俠小說的特質，也可以為武俠小說的文學地位再奠一塊基石。

為武俠小說正名和爭取地位，恰是古龍多年以來寫作上的追求。在他心中，這個願望，如此隱約，如此雄壯。

陳曉林望著古龍，心裡明白，古龍既然要以短篇小說為單元，串聯起一個首尾呼應的大故事，他心中較量的對象，分明是正統文學界中被公認為「現代短篇小說之王」的海明威。

古龍後期作品，因其簡潔凝練的文字風格，評論界多謂古龍文字受到海明威「電報體」文字影響，但言下之意，仍是武俠小說登不了大雅之堂，無法和海明威的作品比肩。

陳曉林知道自負的古龍不以為然，尤其不認為純就文學質地和文學造詣而言，正統文學就一定比列入通俗文學行列的武俠小說高明。他為此而不停地努力著。

古龍極少刻意宣揚自己的作品，然而「大武俠時代」創作時，他卻常提醒朋友和記者，要關注「大武俠時代」。在生命的最後階段，古龍對他構思的這個短篇武俠系列，賦予了極大的希望。然而，古龍雖有再出發、再創新的強烈意願，但進入一九八五年，他的身體每況愈下，又發生了因胃穿孔引發大出血，送醫急救而幾乎不治的情況，在創作上明顯力不從心。

「大武俠時代」從一開始，就陷入了「聽寫」的狀態。當時丁情搬來與古龍同住，古龍寫了幾天後，改為口述，丁情抄寫。報紙和週刊的連載張數是不一樣的，報紙每天大概需要寫兩三張稿紙，而週刊則是一星期一刊，每次至少要寫十幾張稿紙，需要三四個小時，有的時候甚至兩三天才能完成。兩個地方同時進行連載，所耗心力極大，時寫時輟。

古龍因顧念與編輯的交情，不好斷稿，所以發現文中有瑕疵，或者情節不理想時，便要丁情代筆補正。然而，丁情的才學實不能勝任，於是往往抄襲古龍以往小說中的某些段落充數，這也是陳曉林閱讀過程中感覺奇怪的地方。談及《銀雕》未來的情節走向，古龍頗為興奮，他說自己對《銀雕》的整體結構已有考量，並將下文的設定告訴了陳曉林，希望陳曉林代筆將之續完。

這種託付頗有不祥之意，但彼時的陳曉林卻沒想那麼多，只是忠實將之記錄下來。

若干年後，回溯這段往事時，我問陳曉林，為什麼當時沒有答允古龍？

陳曉林苦笑：「《銀雕》發表於《時報週刊》，我當時是《聯合報》主筆兼《聯合月刊》總編輯。『聯合』對陣『中時』，競爭激烈，我其實不方便在《時報週刊》發表文字，這也是我沒有立即攬下續稿之事的心理因素之一。另外，丁情一直為古龍代筆，若是答允，不免影響丁情和古龍的關係。」

陳曉林猶豫再三，只得說：「再看看吧，說不定你精神好轉，自己能執筆呢！」

《銀雕》此後再未連載。曾出版過《銀雕》殘稿的香港玉郎出版社在數年後歇業，最初印量也不大，台灣萬盛出版公司也未出版《銀雕》。《銀雕》一篇幾告失傳，多數讀者、學者只知其名，未睹其文。

吾友程維鈞，癡愛古龍小說，多年以來對古龍小說相關版本孜孜以求，撰寫的《古龍小說原貌探究》一書，頗獲業內好評。據他說，二〇〇六年，他在網路上發現了一篇香港網友的帖子，內中提到香港玉郎出版社的書中有《銀雕》的故事，遂到香港圖書館網站搜索，果然查到《銀雕》的出版資訊。

二〇〇七年六月，程維鈞在香港玉郎出版社出版的《不是集》（一九八五年十月出版）中發現《銀雕》的出版預告和故事梗概。

二〇〇八年七月，玉郎本《銀雕・海神》一書現身網路，隨後，台灣的古龍武俠小說研究者陳舜儀在台灣一家圖書館中找到《時報週刊》上《銀雕》的連載原文，對比文本，基本和玉郎本一致。《銀雕》在佚失二十多年後，終於得以重新面世。

古龍另一篇《財神與短刀》從一九八五年七月廿六日開始，在《大追擊》第六期連載，古龍撰寫了序幕和第一部（篇幅短小，約略為章），後面二至三部由古龍口述，丁情代為抄寫，到八月廿三日也斷稿了。

《財神與短刀》原計劃寫成「大武俠時代」衍生的長篇故事，主人公為浪子形象出場的朱動，但古龍僅撰寫了前三部便撒手人寰，與《銀雕》一樣，成為古龍的遺作。

數月前，林清玄離開古龍家，說「天母的黃昏不如從前那麼美了」，走在路上，還「想起了柳永《鶴沖天》詞的後段來」。

陳曉林離開時，沒有這樣的清爽浪漫，空氣濕重，他只覺得煩熱依舊，路上想起自己與古龍十餘年的交往，心中充滿了惆悵與憂傷。

二

在古龍眾多的朋友裡，陳曉林是為數不多與「酒色財氣」無涉，只是單純談文論藝的友人。

陳曉林回憶時說：「我造訪古龍時，古龍從來不會提當晚或近日的餐宴飲酒，也不提他的作品改編或他的電影事業之類，只是談他對文學意境和技巧的心得，談他對自己某些作品未來將如何修訂的思考，甚至談他對學界一直不肯將武俠小說當作值得重視的文類，將通俗文學與純文學劃分鴻溝的不滿。」

古龍的這種無奈，一直貫穿到去世前。就像陳曉林最後一次登門，古龍明明已諸事纏身，千頭萬緒，甚至病後體弱，精神不濟，但一談到武俠文學的困境和未來，立刻神采飛揚，妙語連珠。在他內心深處，關於武俠，關於文學，才是他最為珍視的生命底色，只是因為他的性格和生活環境，最終沒能實現。

古龍寫過一幅字「**握緊刀鋒**」，這四個字他反覆書寫，映襯出內心的惆悵。古龍喜讀毛姆，毛姆有小說《刀鋒》，意為「得救之道如刀之鋒刃般難行」。古龍自我之衝突，恰如行走刀鋒。

陳曉林祖籍陝西沔縣，是台灣優秀的散文家和文學評論家，二十歲時即在《中央日報》副刊發表處女作。他雖獲得了台灣大學工學學士學位、美國哈佛大學碩士學位，卻因為對文字的執念，放棄了當時相當熱門的工科，轉向文學、歷史和哲學，出版了多部著作及譯著。

陳曉林和古龍相識於一九七二年，那一年，陳曉林從台灣大學畢業，九月，經台灣漫畫家牛哥和妻子牛嫂介紹，結識了古龍。

牛哥不姓牛，大名李費蒙，因生於牛年，自號「牛哥」。牛哥一九二五年出生於香港，一九九七年病逝於台北，一手寫曲折離奇的推理小說，一手畫散播喜怒哀樂的漫畫，擁有廣大讀者群，雄踞台灣文壇三十餘年。

牛嫂名為馮娜妮，是古龍的學姐。古龍從淡江英語專科學校（後升格為淡江大學）肄業，牛嫂比他高幾屆。牛嫂系出名門，她的祖父馮德麟晚清時出身綠林，是張作霖的對手和前輩，在民國時期擔任瀋陽副都統、奉天軍務幫辦、陸軍第二十八師師長，在東北叱吒風雲。她的父親馮庸曾散盡家財，創辦了東北高等學府馮庸大學，是東北地區第一所私立大學，頗為東北人所景仰。

牛哥、牛嫂極欣賞古龍豪爽的性格及酒量。年輕時的古龍一文不名，偏又年少輕狂，惹是生非，夫婦倆著實幫了他不少。

同為武俠作家的諸葛青雲，在古龍逝後於一九八五年九月廿三日在《民生報》上撰文說：「如果古龍死過一千次，牛嫂一定救過他九百九十次，牛哥夫婦與古龍交情之深可見也。」

牛哥夫婦對古龍的照顧，讓從小遭遇家變的古龍感受到家庭的溫暖。馮娜妮又被人戲稱為「古龍的媽」。

約莫八年前，陳曉林尚在讀初中，古龍還在寫作《大旗英雄傳》和《浣花洗劍錄》，陳曉林已讀了大量古龍的小說，頗為喜歡，覺得古龍的小說不同於其他武俠作品。兩人這次見面，陳曉林至今難忘，自陳「是奇妙的緣分」。兩人話語投機，頓覺傾蓋如故，談論起武俠小說，彼此滔滔不絕，大起知己之感。

古龍的興奮，其來有自。遠在香港，金庸的最後一部武俠小說《鹿鼎記》在《明報》已連載至尾聲。

一九六九年十月廿四日開始，到一九七二年九月二十日結束，歷時近三年，共連載一〇一九期，成為金庸小說篇幅最大、連載時間最長的一部。

金庸對武俠小說創作已萌生退意，也沒了曠日持久寫作武俠的動力，但是《明報》副刊不能沒有武俠小說，於是將目光投向台灣的古龍。

古龍接到金庸來信時，好友于東樓在場。古龍當時正準備洗澡，他每日收到信件甚多，並不及細看，就將這封香港來信遞給于東樓。于東樓拆開一看，竟是金庸的約稿信，忙把信交給古龍。古龍讀信後，簡直難以置信，澡也顧不上洗，半天無語。

古龍意外且興奮。一九七二年的古龍已經成名，但他一意創新，壓力頗大，其寫作風格並不被人廣泛認可，若能夠接棒金庸，既代表了前輩對晚輩的期許，更代表金庸對古龍武俠小說寫作的認可。

《鹿鼎記》在《明報》最後一期連載結束時，附有一則「小啟」：「金庸新作在構思中，明日起刊載古龍先生武俠新作『陸小鳳』，該書故事曲折，人物生動，情節發展在出人意表，請讀者諸君注意。」

古龍認真思索，精心準備，一九七二年九月廿一日開始於《明報》連載《陸小鳳》，在楚留香之後，創作出陸小鳳這個經典的遊俠形象，連載時間長達兩年半。在這個系列中，古龍將推理武俠寫至極致，各部水準相當，風格統一。

陳曉林和古龍這次見面，還有一事頗為重要，那就是從側面確定了古龍的出生年份。

關於古龍的生年，學界頗有爭議。曹正文在《中國俠文化史》中認為古龍生於一九三六年。葉洪生在《論劍——武俠小說談藝錄》中認為古龍生於一九三七年。古龍逝世於一九八五年，好友倪匡所撰的公開訃告裡稱古龍「在人間逗留了四十八年」，以此推算，古龍應生於一九三七年，很多學者皆持此說。

葉洪生與林保淳合寫《台灣武俠小說發展史》時，從古龍的戶籍資料中發現，古龍登記的出生年為一九四一年，遂以此為準，認為古龍應生於一九四一年。

陳曉林手中存有古龍親人所發訃聞的影印本，上面則明確記載古龍生於「民國二十七年六月七日享年四十八歲」，由此可知，古龍應生於一九三八年，倪匡稱古龍卒於四十八歲，當是遵從中國人的習慣，指其虛歲。

陳曉林和古龍首次見面，陳曉林道出年齡，古龍哈哈大笑，說自己屬虎，比他年長十一歲。陳曉林自己生於一九四九年，以此推論，年長他十一歲的古龍應生於一九三八年，並且一九三八年生肖屬虎，和古龍的描述相符。因此，古龍生於一九三八年六月七日，可作定論。

一九七六年，陳曉林服完兩年兵役，接到了《中國時報》老闆余紀忠的邀請，請他擔任副刊《人間》的主編。

當時台灣的報紙副刊，主要內容有文藝、趣味、新聞評論、新知、人物修養五大類別，且各有內涵，其中以文藝居於主流地位，包括各種文學理論、藝術創作、歷史小說、現代小說、章回小說、古典詩詞、新詩、散文、小品文、文壇動態、文學批評、漫畫、影評等。

一九七四年，古龍曾經在《中國時報》副刊連載《天涯・明月・刀》，從四月廿五日開始，至六月八日。《中國時報》在沒有通知古龍的前提下，僅僅四十五天，就將這部小說「腰斬」。

古龍致力於武俠小說的創新，在這部作品中想寫些哲學思考，提升小說品位，於是試用散文詩的筆法進行文體革新，很多讀者不習慣古龍新嘗試的文體，議論紛紛。偏在這個時候，另一位武俠名家東方玉也向余紀忠施壓，聲言：「讀者不滿，有的甚至要求退報。」

東方玉本名陳瑜，字漢山，一九二三年生，二〇一二年逝世，浙江餘姚人，上海誠明文學院中文系畢業，舊體詩寫得頗為出色，曾創辦《嶺梅詩刊》，書法極佳，台灣很多武俠小說的書名，皆由他親筆題寫，自己出版過五輯《漢山詩集》和一本《凝翠廬集》，都是由自己親筆抄寫印刷。浙江大學出版社曾出版過一冊《當代八百家詩詞選》，由毛谷風選編，封面題字者是啟功，扉頁題字者則是唐圭璋，書裡選了東方玉的四首詩，其中《寒夜》詩，有「三載流離歸異域，八年機要入明堂」句，恰是其生平經歷。

東方玉少年時從軍，一九四九年渡海來台。一九六〇年，台灣《新生報》刊登了一篇他十分「不欣賞」的武俠小說。不久後他結識了該報的副刊編輯，閒聊時，提到了那篇小說，於是編輯向他約稿，他思量後，回去寫了平生第一篇武俠小說《縱鶴擒龍》，開始了武俠小說創作生涯，一寫就是三十年，號稱從未有一天斷稿。

《縱鶴擒龍》一書擷取還珠樓主等民國武俠小說作家書中的天才地寶、神奇武功，敷衍成書，刊出後竟然大受歡迎，後又有多家報紙約稿，東方玉遂辭去

「黨團」職務，專心寫作。

正是東方玉的背景，一九七〇年以後，他頗得余紀忠賞識，其小說由《流香令》到《泉會俠蹤》，竟然在《中國時報》副刊連續刊出十三部，時間長達十年之久！

古龍弟子丁情後來回憶：「在當時三大報的副刊都有特定『武俠名師』的小說在連載著。《中國時報》率先推出古龍的武俠小說《天涯·明月·刀》，這麼一來，山頭本來的『名師』就得『遊山玩水』去了，這怎麼可以呢？於是報社就開始接到『很多讀者』投訴，說《天涯·明月·刀》這篇文章根本不倫不類，不是武俠小說，如果不停刊，就要退訂報紙……」

各方壓力到了余紀忠面前，余紀忠看了後，覺得在武俠小說裡談人生、談哲學，節奏太慢，就下令停了這本小說的連載。

今日回溯《天涯·明月·刀》斷稿之因，一是讀者不習慣古龍文風，二是武俠作者搶奪連載的版面。

當然，古龍並沒有放棄，這本小說仍然寫完了，這得益於古龍小說在香港的連載。一九七四年六月一日至一九七五年一月廿一日，《天涯·明月·刀》完整刊載於香港《武俠春秋》。但古龍對這件事，頗耿耿於懷，多次稱其為一生中「最痛苦，受挫折最大」的作品。

陳曉林此番接手副刊，堅持認定古龍是最有才華和創意的武俠作家，仍請古龍開新稿，並告知余紀忠：「如不同意，我即辭職。」

余紀忠深受胡適等文化學者的影響，對武俠小說並不如何看重，奈何讀者喜歡，所以副刊上只要有武俠小說即可。他見陳曉林如此激烈，就順水推舟同意了。

古龍交給《中國時報》副刊的新小說是《碧血洗銀槍》，從一九七六年九月二日開始連載，至一九七七年二月十七日結束。

《碧血洗銀槍》能夠再次登陸《中國時報》，當時評論界幾乎一致認為是《中國時報》低頭的結果，更有人說這是古龍的「王子復仇記」。但不論怎樣，古龍這次掙足了面子，因《聯合報》副刊和《中國時報》副刊《人間》乃是對手，見古龍在《中國時報》上開新稿，立刻邀請古龍登陸《聯合報》。一九七六年十月五日，古龍的另一新作《大地飛鷹》也新鮮出爐。

陳曉林回憶，嗣後一段時期，他時常去古龍家飲酒敘談，主要話題就是古龍的小說，包括構思、情節、技法等，也聊到古龍很多作品為何沒能一氣呵成，卻轉而被他人代筆續完的原因。這時的古龍，眼中總是有一縷抹不去的哀傷。

在微醺中，古龍手持筷子輕敲酒杯，漫聲吟出詩句：「**兒須成名，酒須醉；酒後暢訴，是心言。**」聲音淒清孤寂，撼人肺腑。

陳曉林不知這兩句詩的出處，詢問古龍，古龍說，這是譯成英文的波斯詩句，他轉譯為中文。

古龍將這兩句詩寫入連載中的《大地飛鷹》，一再反覆回味，可見其內心深處對武俠小說創作的感慨如此深邃。

我很好奇這兩句詩的原始出處，追問陳曉林，是否出自《魯拜集》？但是當年陳曉林沒有問，這件事或已成謎案。

《魯拜集》是十一世紀波斯詩人奧瑪·海亞姆的著作，「魯拜」即波斯的四行詩。詩人通過大量詩句抒寫縱酒狂歌，以此洞察生命的虛幻。

《魯拜集》有五百餘首詩，一八五九年，英國詩人愛德華·菲茨傑拉德以英文翻譯了其中的一百〇一首，才把詩集譯介到英語世界，《魯拜集》此後名聲大振。在中國，《魯拜集》有二十多種譯本，郭沫若、胡適、聞一多、徐志摩等名家都曾翻譯過《魯拜集》。

古龍的英文甚佳，一九五四年三月，古龍就讀於台灣省立師範學院附屬中學初中部時，就以筆名「古龍」在《自由青年》上發表了英文譯作《神秘的貸款》。一九五五年，古龍將滿十七歲，就讀於成功中學（高中）一年級下學期，於三月三日、三月五日、三月十三日，在《中央日報》第六版連續發表了三篇譯作。古龍直接閱讀英文詩集並無問題，但那首詩是否出自《魯拜集》，無法確認。

我曾翻閱不同版本的《魯拜集》，與古龍所吟詩句相似的是第六首，但並不完全貼合。當年菲氏對於波斯文原作有過大刀闊斧、天馬行空的改造，既有直譯，亦有改寫，更有將原文重新排序的合成翻譯。古龍或也用了這樣的方法。

《大地飛鷹》是古龍相當珍視的一部作品，投入大量心血，具有濃郁的異域風情，文字凝練，意境深遠，表達了關於人生的存在與困境。這樣一部作品，連載到一九七七年十一月十一日匆匆收尾，很多人物沒有結局，小說即告結束。沒人知道為什麼。後來，台灣的詹宏志曾撰文《第一件差事》，約略可窺見緣由。

詹宏志當時初出茅廬，還沒有成為後來的作家和電影人，也沒有給羅大佑等歌手做策劃主管，他擔任製片人的《牯嶺街少年殺人事件》，還要再等十三年才能面世。彼時，他入職《聯合報》副刊任助理編輯，他說：「不久以前，這個副刊本來就有古龍的武俠小說連載，但大作家常常脫稿斷稿……我的主編上司忍痛腰斬了小說連載，當然也就得罪了大作家。」

古龍後期唯一被「腰斬」的小說就是在《中國時報》連載的《天涯・明月・刀》，很多人認為詹宏志所指即是此書。然而，根據詹宏志的自述，他當年所供職的是《聯合報》副刊，他是被主編、著名詩人瘂弦派去向古龍約稿的，時間是一九七八年。按時間推算，所謂「腰斬」即是一九七七年十一月匆匆結束的《大地飛鷹》。

一九七七年下半年，古龍陷入了「影星趙姿菁事件」。八月十九日下午，古龍偕同在台視連續劇《絕代雙驕》中飾演鐵萍姑的趙姿菁，到北投、石門水庫、台中等地遊玩，投宿新秀閣、芝麻、鴻賓等飯店。八月廿二日上午，在台北市世紀大飯店被趙姿菁的父母找到。趙姿菁家人向古龍索賠，稱如果過分的話，賠五百萬新台幣，如果沒有過分，就賠一百萬新台幣。狼狽的古龍忙給牛哥打電話求救，牛哥報警才解了圍。

趙姿菁時年十九歲，其父母以古龍「誘拐」未滿二十歲的趙姿菁「脫離家庭」為由，向台北地檢處提起訴訟。

這件事很符合古龍一貫「胡鬧」的行為。根據《聯合報》刊文《古龍被控誘拐案，罪證不足不起訴》，檢察官最後指出：「被告人古龍，原名熊耀華。事先未徵得告訴人（女孩之母）同意，擅攜未成年女孩出遊，四處嬉戲，飲宴作樂，夜不歸宿，其行為訴諸道德固屬『可鄙』，探究法條無處罰明文，自難追予刑責……」

官司雖算得上有驚無險，然而古龍這種行為，已成輿論焦點，當時報紙評論有《道德制裁》一文：「古龍案的不起訴書中說『訴諸道德固屬可鄙』八個字，有道德制裁的意義。道德制裁與刑罰無涉，但十目所視，十手所指，往往甚於刑罰，嚴於斧鉞……私行不檢者應知所戒懼。」

台灣當時社會風氣極為傳統，古龍從「文藝版」轉移到「娛樂版」，《聯合報》一面報導古龍的案件，另一面還在刊登古龍小說，估計報紙高層也頗感惱火，故而催其結束。古龍也大概無心思繼續撰寫，是以潦草寫了結局。

詹宏志所謂「脫稿斷稿」之說，恐亦是雙方為了面子的託辭。

到了一九七八年，輿論平息，報紙又不能沒有古龍小說，所以把這個任務交給了這個剛入職的新人。

詹宏志非常忐忑地接過了任務，他抄下古龍的電話，鼓足勇氣，才撥通了電話號碼，結果被古龍約去餐廳吃飯。等他到達餐廳的時候，已經晚了半個小時，古龍讓他坐下，直接掏出了一瓶黑方威士忌，讓他喝完這瓶酒再說話。結果詹宏志喝了一杯又一杯，直到一瓶酒見了底，也沒有說出請古龍寫稿的事兒，自己反而喝得趴在桌子上起不來。迷糊中，古龍把他攙起來，坐上了自己的車。

在車上，古龍笑了起來，說：「你知道嗎？我不喜歡寫稿，寫稿太不好玩了。」

這句話真的很「古龍」，但詹宏志搖搖頭。他後來回憶：「我太年輕了，聽不懂這句話。」

下車時詹宏志步履不穩，古龍扶他下車，自己回到車上搖下車窗，說：「嘿，小朋友，你夠意思，我給你寫稿。」

詹宏志這一頓大醉，約到的小說是《離別鉤》，這部小說從一九七八年六月十六日連載於《聯合報》副刊。

古龍絕大部分的作品，都是邊寫邊刊，但《離別鉤》是個例外，這可能是古龍唯一一部「還未開始連載，全書就已經寫成了」的作品，是以該書篇幅雖短，但結構完整，渾然天成。

這一年，陳曉林決定離開台灣，赴美國哈佛大學讀碩士，因此告別了古龍。他沒有想到，這時候的古龍，步履踉蹌地奔入了影視界。古龍的武俠小說，也在這個時期，如同璀璨的煙花，綻放出最亮眼的光華。

三

一九六六年，台灣當局推出了「中華文化復興運動」，所謂「文化復興」，在當時基本流於口號。不過，當時台灣的教育的確傳統而保守。

一九七七年是個關鍵的時間點。一九七七年至一九七八年的鄉土文學論戰，是台灣文藝史上劃時代的大事，鄉土思潮與左翼思潮再起，從批判西化現代詩到宣導鄉土文學，擁抱斯土斯民成為文藝界的新焦點。一九七八年元月，國民黨集合黨政軍特召開「國軍文藝大會」，對鄉土文學大肆鞭撻，因國民黨民族主義派理論大佬胡秋原、徐復觀、鄭學稼勸阻，才沒有引起大規模的封禁。

在這種背景下，古龍出現的「桃色事件」，立即引起了台灣地區文化主管部門以及國民黨當局文宣部門的注意，對古龍大加撻伐，社會輿論幾乎一邊倒。敏感的古龍頗覺受傷，從一九七八年到一九八二年，他的武俠小說新作減少，並且都不是此前的「大部頭」。

偏在這個時間段，古龍的影視劇大為賣座，古龍陷入「影視圈」，漸漸疏離了文壇。

古龍成為「影視圈」炙手可熱的「紅人」，始於一九七六年香港邵氏電影公司的《流星・蝴蝶・劍》。當時香港武俠電影陷入低迷，一方面，像《獨臂刀》裡一身正氣、方正仁厚的大俠愈來愈不符合年輕人的胃口；另一方面，張徹宣導的暴力武俠陷入套路，缺乏新意，也失去了往日魅力。

一九七六年，長期擔任邵氏電影公司編劇的倪匡將古龍的《流星・蝴蝶・劍》推薦給導演張徹，但是張徹看不上眼，倪匡多說幾次還被對方搶白。倪匡談起往事，說：「張徹猛搖頭，說不懂電影不要亂講。我說，我不懂電影，你又找我寫劇本？」倪匡又推薦給了當時手頭無戲可拍的導演楚原，兩人一拍即合，結果一九七六年三月二十日《流星・蝴蝶・劍》上映，獲得了意外成功，這部由楚原導演，倪匡編劇，古龍原著，唐佳、袁祥仁任武術指導，宗華、岳華、井莉主演的武俠電影，不僅受到影迷青睞，更在亞洲影展獲了兩項大獎。

本文寫作之際，二〇二二年二月廿一日，楚原逝世，享年八十七歲。很難說是楚原成就了古龍，也很難說古龍成就了楚原，畢竟小說和電影是兩種不同的藝術表現形式，但古龍小說的精神內核與楚原浪漫文藝的性格是極其契合的。古龍小說改編的影視作品雖蔚為大觀，但以我來看，榜首終究要推這部《流星・蝴蝶・劍》。台灣武俠研究學者林保淳教授亦曾言，他在大學講堂上教授武俠，《流星・蝴蝶・劍》是要讓學生觀賞的「範本」。

邵氏電影公司製片方逸華立刻嗅到了古龍小說的商業價值，把《天涯・明月・刀》、《楚留香》、《白玉老虎》、《英雄無淚》等二十四部小說拍成電影，其中有十八部是楚原導演。

據說，拍攝《流星・蝴蝶・劍》時，楚原在倪匡劇本的基礎上，做了很大改動，既忠於原著，又重新梳理了劇情。倪匡寫劇本，稿酬到手，至於劇本怎麼改、怎麼拍，從來不在意，楚原也樂得如此。倪匡後來又寫了《楚留香》的劇本，其餘古龍武俠電影的編劇，皆為楚原親自擔任，署名秦雨。

楚原的古龍武俠電影，當年幾乎部部票房狂收，從此港台刮起了長達十年的古龍旋風，也將古龍的名聲推到了巔峰。二〇二二年，春寒料峭，香江疫鬁正殷，楚原身歸道山，也帶走了昔日一段江湖遺韻。

《流星．蝴蝶．劍》並非古龍第一部被改編的影視劇，卻是第一部「爆紅」的電影。一九七七年到一九八五年，古龍武俠影視劇的拍攝進入高潮，尤其是在初期，幾乎每個月都會有古龍武俠電影上映，但是因為大部分古龍小說的拍攝版權都由古龍賣給了邵氏電影公司，以及自己的寶龍電影事業公司，還有好友楊鈞鈞等人，所以有不少人就打著古龍的旗號，紮堆拍攝來分一杯羹，他們以各種名義，比如編劇、原著、策劃、導演等，來和古龍掛上關係，其實這些電影都沒有原著小說。從現存的資料粗略統計，這個時間段，與古龍有關的影視劇有一百三十餘部，沒有掌握到的資料應該還有不少。古龍的好友薛興國就曾回憶說，當時可能有三百餘部相關的影視劇。

一時之間，古龍的聲名如日中天，風頭遠遠蓋過了當時改編影視劇較少的金庸，成為那個時代武俠的代名詞。

影視劇無疑比寫作收入要豐厚得多，面對擺在面前的一疊疊鈔票，古龍有點像孩子一樣不知所措，當一部電影的收入從數百萬漸攀升至千萬新台幣時，古龍無疑有些眩暈了。要知道，二十世紀七十年代，台灣經濟開始騰飛，可人均GDP也不過七八萬新台幣而已。古龍換了一輛加長兩節半的沃爾沃，當時這種車在台灣一共才兩輛；古龍喜歡喝酒，聲稱非XO不喝，洋酒屬走私品，一瓶則要三千元新台幣，古龍往往一次要開七八瓶。當時的古龍揮金如土，醇酒美人，距離他的武俠理想愈來愈遠。

一九八〇年底，陳曉林在美國讀完碩士回到台灣。也在此時，古龍遭受了平生最大的一場劫難，直接影響了他的生命和創作。

一九八〇年，古龍的小說可謂「烈火烹油，鮮花著錦」，被出版商爭相搶奪，暢銷風行，古龍一躍而成為文友之中的富豪，影視圈的老闆和明星，視古龍為「下金蛋的母雞」，紛紛聚集在他的身邊。

古龍喜好交友，他的朋友不僅僅是寫武俠小說的作家，「正統」的文人也與之過從甚密。

一九七六年三月十一日，古龍寫了一篇《盛宴之餘》，發表在一九七六年四月香港《大成》第二十九期上。這篇文字短小精悍，凝練瀟灑，寫他參加台北《華報》老闆朱庭筠的一場盛宴。在這場聚會上，朱庭筠宴請香港《大成》雜誌的沈葦窗，同席有詩人周棄子、名畫家高逸鴻、新聞界的李浮生、畫家薛慧山、作家貓庵、書畫名家陳定山等人。古龍在文中還寫到了名演員葛香亭、張佛千，從中可以窺見古龍在正統文學界上豐沛的人脈關係。

到了一九八〇年，古龍成為電影票房的保證後，身邊的文友漸少，影視圈的朋友則日多。彼時台灣的影視行當並不規範，與黑道多有牽扯，在這一年，發生了「吟松閣事件」。

一九七八年，古龍見獵心喜，成立了自己的寶龍電影事業公司，「寶」取自妻子的名字梅寶珠。這家電影公司在一九七九年和一九八〇年，與導演張鵬翼合作，拍攝了《多情雙寶環》、《劍氣蕭蕭孔雀翎》，而寶龍影業真正獨立創作，則是一九八〇年四月上映的《楚留香傳奇》，改編自《楚留香新傳之借屍還魂》，古龍選了劉德凱當主角。

一九八〇年十月，古龍又打算拍攝陸小鳳故事《劍神一笑》。拍攝期間，為了與合作方討論新片《再世英雄》的劇情，停工一天，上午在公司談完公事後，古龍提議大家去北投「吟松閣」，邊喝酒邊研究新片的劇情。

「吟松閣」是北投的一家溫泉旅館，丁情因家中有事沒去，古龍便和導演林鷹等人前往北投。丁情半夜時接到林鷹打來的電話，得知古龍出事，人在台北榮民總醫院急救。丁情趕到時，古龍已脫離危險，在恢復室休息。

根據丁情的詢問，原來是影星柯俊雄等人也在「吟松閣」喝酒，雙方喝多了，柯俊雄的跟班「小葉」想強邀古龍到他們那邊去喝酒，古龍沒去，跟班小葉很生氣，掏出「扁鑽」想要威脅古龍，給古龍難堪。結果古龍伸出右手去擋，劃傷了右手主動脈，當場血流如注，昏倒在地。事情鬧得這麼大，也是跟班小葉始料未及的。

「吟松閣事件」的真相眾說紛紜，丁情第一時間趕到醫院，詢問原委，應是較為接近事實。很多文章裡，說傷古龍的是匕首，其實不確切。「扁鑽」是台灣早期黑道鬥毆用的刀具，至今仍是管制刀具。「扁鑽」前端像箭頭，後面是細長鐵杆，尾部是環形，使用時將大拇指套入圈中防止脫落，總長二十釐米左右，攜帶方便。電影《艋舺》有一張海報，封面橫放的就是一枚「扁鑽」。

古龍在醫院急救時，有某報的記者在看診，不顧古龍妻子梅寶珠的阻攔，強行拍照，第二天在報紙上刊登，結果鬧得滿城風雨。

隔天柯俊雄到古龍家登門道歉，但吃了閉門羹，他隨即聯絡幾個和古龍走得較近的朋友出來說情，也都被古龍拒絕。

古龍當時還在氣頭上，誰來說情都聽不進去，又過了幾天，古龍的乾爹葛香亭和牛哥夫婦也出面勸和，古龍終於與柯俊雄會面，接受道歉，才使這件事平息下來。

這次流血事件，嚴重傷到了古龍的右手，後來他的小說《飛刀・又見飛刀》、《劍神一笑》、《風鈴中的刀聲》、《午夜蘭花》等，皆由古龍口述創作完成，期間還雜有丁情代筆的文字。也是在這年年底，妻子梅寶珠因古龍緋聞不斷，決定離婚，帶著小孩離開。

陳曉林和我聊到這件往事時，頗為感慨：「我們都是寫文章的，口述記錄和親筆寫作，寫出來的感覺終究是不一樣。離婚對古龍又是一個打擊，我感覺他幾乎垮了。後來因報社工作忙碌，我疏於登門，也是希望古龍能很快恢復身體，走出陰影，儘快回到創作中。畢竟有些事只能靠自己，別人是幫不了的。」

當時的古龍，無酒竟已不能成眠，喝完酒要吃鎮靜劑才能入睡，醒來時渾渾噩噩，再吃興奮劑才能清醒。平日以酒代飯，每天吃得最多的是酒、鎮靜劑和興奮劑。

古龍說：「每天好不容易回到家裡，總是轉身又出去。每天做的只有一件事：喝酒！」他心中的傷，遠比「吟松閣」受的刀傷要重得多。

我們今天經常會提到「原生家庭」一詞，家庭環境對一個人成長的重要性被反覆提及，古龍的心境、行為，乃至處事，與他少年時的家庭環境分拆不開。

古龍是江西人，他接受記者採訪時曾自述，說他十四歲隻身從香港來到台灣，有時卻又說父母都在台灣，但在一九七六年與梅寶珠結婚時，主婚人則是武俠小說家諸葛青雲。古龍對自己的身世諱莫如深，這是他的難言之隱。

古龍剛成名時，曾對人吹噓，他父親是國民黨名將熊式輝。很多人見古龍一擲千金的公子哥行為，覺得他定有依仗，遂深信不疑。

熊式輝是江西省安義縣萬家埠鎮鴨嘴壟村人，早年就學於日本陸軍大學，曾任淞滬警備司令、江西省政府主席、國民黨中央設計局局長，抗戰勝利以後，任東北行轅主任，因與杜聿明不和去職。新中國成立前夕，熊式輝率全家去往香港，後通過張群的關係到了台灣，卻沒有受到蔣介石的青睞。古龍祖籍也是江西，套上名門之後，以取寵於人。

據說，古龍在拜葛香亭為乾爹時，葛香亭曾問古龍：「父親是誰？」古龍說：「家父乃熊式輝。」

一九七四年，熊式輝病逝於台中，葛香亭見到古龍無哀傷之情、弔孝之服，甚為納悶，欲問古龍，古龍卻溜走了。葛香亭頓時明瞭，氣憤非常。

古龍向朋友們辯稱是因為自己沒有身分證，想借熊式輝之名自保。然而，不論古龍用意為何，冒名事件難逃其虛榮之心。冒認父親，其中也有視己為孤兒的心態。古龍剛出道時寫得最認真的一部小說名為《孤星傳》，「孤星」二字，頗有自況之意。

古龍的父親究竟是誰？古龍從不願提及，也不願別人問及。直到一九八五年四月九日，台灣的《民生報》、《中國時報》、《聯合報》等報紙廣告欄中，出現了這樣一則廣告：

> 古龍親父熊飛（鵬聲）覓獨子熊耀華
> 到仁愛路四段仁愛醫院訣別，
> 千祈仁人君子緊催古龍立救父命料理大事以盡孝道。

這則廣告，頓成台灣各家報紙上的社會新聞熱點。古龍之前幾度因肝病昏迷，已經戒酒，同時重整旗鼓，開始了「大武俠時代」的寫作，而報上這一則消息，頓時又將他推入往事的漩渦中。家中電話頻響，問詢者除了記者，還有很多朋友，誰也沒想到古龍竟和父親三十多年未曾見面。這究竟為何？

其實，早在熊飛登報尋子之前，古龍的妹妹熊小雲即曾透過倪匡進行勸說，試圖調解古龍與熊飛的父子關係，但古龍堅持不肯與父親和解。據稱當時倪匡給古龍打電話，說要拜託他一件事，但聰敏如古龍，竟然猜到，說拜託古龍什麼事都可以，但熊耀華就算了，可見古龍對其父親積怨頗深。

古龍生父名熊飛，母親是郭新綺。古龍為家中長子。據說，熊飛從北平中國大學土木系畢業，曾以筆名「東方客」寫武俠小說。古龍的童年時期大部分時間都在香港度過，一九五〇年左右，隨父母家人遷台。

香港中文大學教授、翻譯家金聖華，少年時在台灣讀書，住在台北和平東路北師附小附近一條彎曲的長巷裡，兩個相連的大院子中，住了很多家人。有一天，側院搬來新鄰居，姓熊。熊家的長子，臉圓圓，頭大大，不愛讀書，沉默寡言，數學不好，還聽說只熱衷於寫小說，而且還想寫武俠小說。金聖華回憶：「熊爸爸與熊媽媽時常吵嘴，有時候還拿兒子出氣。院子裡的鄰居心目中認為功課差的就是壞孩子。沒有誰喜歡跟熊家的兒子玩。這熊家的兒子，長大了就是古龍。」

熊飛不久拋棄家人，不知去向，家中經濟重擔由古龍母親扛起，陸續供古龍讀完了台灣省立師範學院附屬中學（現台灣師大附中）的初中和台灣省立成功高中（現台北市立成功高中）。台灣古龍武俠小說研究者許德成對我說，他曾查閱過檔案資料，古龍事實上高中並沒有畢業，乃是肄業。一九五四年，熊飛曾協助高玉樹當選為台北市第一屆民選市長，並擔任高玉樹的市長機要秘書，但春風得意的熊飛並未因此回到家中，仍與家人疏離，可能在這個時期，家中經濟中斷，古龍終與父親決裂，憤而遠離，從此過著半工半讀、四處流浪的生活。

在朋友的幫助下，古龍在台灣師範大學找到一份臨時工作，他白天替人謄刻蠟紙、編輯刊物，以維持生活，夜晚到淡江英語專科學校的夜間英文科學習。

古龍的同學江家鶯、鍾崇基、于小虹、趙鳳華說，淡江大學出了兩個大作家，一個是陳映真，另一個就是古龍。他們這屆學生在一九五七年九月入學，校名還是淡江英語專科學校，第二年升為「淡江文理學院」，要到一九八〇年才升格為大學。

古龍讀的是秋一A班的英文科，當時同一屆的國文科、英文科、商科是大班制，共同上課，他們都與古龍有接觸和往來。但到了二年級，古龍就不來學校讀書了，他的大學仍是肄業。在同學眼中，古龍的腦袋特別大，因此同學送了個「大頭」的綽號給他。古龍很少跟同學聊到家庭，只有少數幾人知道他父親尚在人世。

家庭的傷害對古龍的影響極大，在他的筆下，寫得最多的是兄弟情，也有愛情，卻極少寫到父子情。古龍無疑是寫情的高手，他能深刻寫出人間的種種恩怨，卻始終不敢面對心底的傷痛，更不願人們在他的字句間發現自己的秘密。古龍之前，武俠小說基本上描寫的都是主人公成長的傳奇經歷、滅門血案、孤雛復仇，但是古龍作品的拐點，出現在一九六四年的《武林外史》，從此，古龍小說中的主人公不再刻苦練功、闖關升級，甫一出現已是絕世高手，也不再是背負「天選命運」的大俠，而是流落江湖的浪子。

仔細想來，這些創作經歷，竟然無一不銘刻著古龍內心的痛楚。

四

古龍在一九五八年為何中斷了學業，沒人知道。這一年，英文底子不錯的古龍在台北美軍顧問團謀了一份圖書管理員的工作，廣泛閱讀了大量英美文學作品。那段日子，風塵困頓，他聽別人開玩笑說：「別怕挨餓，大不了去寫武俠小說。」這句話點醒了古龍。

一九四九年，台灣民生疲敝，人心苦悶，在沒有影視和網路的時代，充滿幻想的武俠小說成為彼時最經濟的讀物，廣受大眾歡迎。

一九五〇年代，台灣各地租書店的租金，包月需新台幣三十元，而且不限部數、集數，如果只租一集，要新台幣一至三角錢。今天很多讀者不知道的是，武俠小說當時只租不賣，每集為三十六開本，尺寸較小，大概三至四回內容，約兩萬餘字，作者邊寫邊出。武俠小說能夠正式成為標準開本的正規書籍，還要等到一九七六年。

這些「下里巴人」的休閒讀物，問世伊始，就並不為正統文學界重視。然而，閱讀市場會催生從業者。以出租武俠小說為業務的租書店若雨後春筍般湧現，出版商也積極印刷出版，很多出版社，如真善美、春秋、大美、四維、海光、明祥、清華、南琪、玉書、光大、黎明、第一等出版社，甚至轉型為專業的武俠小說出版社。

至於報紙副刊大規模連載武俠小說則較晚，就台灣的圖書館收藏的報刊顯示，台灣《自立晚報》最早刊載的武俠小說是一九五〇年五月廿五日夏風撰寫的《人頭祭大俠》，連載五十四天；同年八至十一月，忍庵發表《燕子飛報恩》、《綠林紅粉》、《女俠白龍姑》三種武俠短篇，皆一日刊完，幾乎可忽略不計。

據《台灣武俠小說發展史》記載，首開長篇武俠小說連載欄目的是一九五一年的《大華晚報》，後繼者有一九五四年的《自立晚報》，一九五六年的《徵信新聞》（《中國時報》的前身），一九五七年的《民族晚報》，到一九五八年，《中央日報》、《聯合報》也加入連載行列。

談論台灣武俠小說創作，絕不能繞過一個人，那就是郎紅浣。

一九五一年三月廿四日，《大華晚報》副刊開始連載郎紅浣的武俠小說《古瑟哀弦》。此前台灣各報刊登的都是雜文、小品文，沒有開設武俠長篇連載欄目的先例。《大華晚報》社長耿修業破例給了《古瑟哀弦》連載機會。

耿修業，一九一五年生人，筆名茹茵，江蘇寶應人，台灣著名報人，曾任《中央日報》主編。《大華晚報》近似《中央日報》的晚報，其編採人員多由《中央日報》借調，一如香港《大公報》與《新晚報》的關係。

台灣的散文家王鼎鈞晚年寫了「回憶錄四部曲」，其中第四冊《文學江湖》，寫其二十四歲到台灣後的經歷，其中特別提到了耿修業。

王鼎鈞初到台灣，身無長物，只得「煮字療饑」，打聽到《中央日報》副刊的主編叫耿修業，於是寫稿投去，獲得發表，從此走上寫作道路。王鼎鈞特別在耿修業名字後面寫了「萬歲」二字。

後來，王鼎鈞遇到耿修業，問他怎樣選稿，耿修業說處理來稿有兩大原則，快登和快退。他每天大約收到一百篇文章，由三個人審閱，當天晚上選出優先採用的文章立刻發排，第三天就可以見報，再選出幾篇長長短短的文章列為備用，以適應版面的需要。第二天又會收到大約一百篇文章，頭天剩下的文章已無機會，助理馬上退回，作者早收退稿，也可以早作安排。

台北各報副刊的稿費是每千字新台幣十元，拿當時的物價比量，這個標準頗高。王鼎鈞吃一個山東大饅頭，喝一碗稀飯，配一小碟鹹水煮花生米，只要新台幣一元五角，憑一千字可以混三天。那時候台北各報副刊的文章篇幅不長，文章大半來自翻譯的「羅曼史」和中國歷史掌故，有人表示不滿，稱翻譯為「抄外國書」，稱歷史掌故為「抄中國書」。

原創的小說彼時頗為難得，在這種情況下，《大華晚報》能刊載郎紅浣的武俠小說，自有其原因。

試看《古瑟哀弦》開篇：

> 龍璧人在真定縣逗留十日。
>
> 白天，他在街上行醫，晚上，他喜歡上小酒館去喝幾壺酒。
>
> 他是個走方郎中，醫道十分高明，別鄉離井背著藥箱，手握串鈴闖江湖，實行他以醫濟世的宏願。
>
> 他稽留十日，並不是因為真定是一處繁榮的大埠頭，有錢可賺而

留戀不去，而是因為這處地方，是他已去世的父親龍季如舊遊之地，使他有點戀戀不忍遽去。

風雪漫天，泥濘載道，黃昏時分，他已經回到客棧，獨自在房裡悶坐了一會兒，覺得萬分無聊。

他便換了一件青布棉袍，加上一條腰帶，跑到院子裡，抬頭看滿天飛瑞，真不知道這場雪到底要下到什麼時候。

郎紅浣文筆清麗，詞情俊邁，結構綿密，以人物帶入環境，寥寥幾筆，描摹如畫，其開場筆法之新，委實要在三年後香港梁羽生掀開新派武俠小說創作序幕的《龍虎鬥京華》之上。

郎紅浣的生平在今日網路上的資料舛錯甚多，事實上《台灣武俠小說發展史》寫作時，囿於第一手資料缺乏，也頗多臆測。

二〇一四年，台灣明日工作室製作了紀錄片《向武俠大師致敬——武俠六〇》，其導演華志中專訪郎紅浣子女郎志堅、郎知平，郎紅浣的過往經歷才約略為人所知。只是這部紀錄片因版權等多種原因，迄今並未播出，我因長期研究武俠小說，頗為有幸看過郎紅浣這一集。事實上，葉洪生先生因這部紀錄片，又重新寫作了《略論郎紅浣談俠說劍三十年》一文，並修訂了《台灣武俠小說發展史》新編本的相關內容。

郎紅浣本名郎鐵丹，一八九七年生，祖籍長白山，出身滿洲八旗中的鈕祜祿氏，世代均為武官。郎紅浣三歲喪母，九歲喪父，因隨父到南方做官，在福州長大，住在官祿坊。郎紅浣的名字出自「鐵券丹書」，而網路上所說的郎鐵青，是他的弟弟。

子女回憶，郎紅浣幼讀私塾，文史基礎頗佳，且精通音律，善於度曲吹簫。年輕時習武，曾有以一敵八、力抗眾賊的「英雄行徑」。現實生活中，子女親眼見他用手中的洞簫打下了樹上的貓頭鷹。約一九三三年，郎紅浣開始向報刊投稿，寫些散文、雜文及言情小說貼補家用。

為其出書的國華出版社介紹說：「郎先生少遭家難，流浪天涯，足跡遍中國；閱人既多，所學亦博，於拳擊、劍術尤精。」

《大華晚報》為何要登載武俠小說呢？

一九五〇年以前，大陸報紙晚報的副刊刊載，最重要的即是武俠小說，而渡海來台的讀者，閱讀口味不會有何變化。但是《大華晚報》找不到合適作家，市面上翻印的舊武俠小說，總編輯薛心鎔又看不上。一日，薛心鎔恰巧看到了《風雲新聞週刊》，發現裡面有郎紅浣寫的小說《北雁南飛》，頓時眼前一亮，按他的說法，「真是大為驚奇」。

《風雲新聞週刊》沒有出幾期就停刊了，這個雜誌是當時筆記小說大家高拜石所辦，於是薛心鎔就寫信打聽這個作者，尋到了郎紅浣，向其約稿。郎紅浣的年紀比民國舊派武俠作家中的還珠樓主、白羽、王度廬等人都大，所以他的小說也屬王度廬俠情一派，但是其文字比王度廬更為旖旎清蔚，又因郎紅浣本身精於武功，筆下武打場面乾淨俐落，絕不多著筆墨。這樣既通世情，又曉風俗，頗具人情味道的小說作者，殊為少見。

在薛心鎔的邀約下，郎紅浣入駐《大華晚報》，長期撰寫武俠小說，於一九五一年三月起動筆撰寫《古瑟哀弦》、《碧海青天》二部曲，從一九五二年五月開始，至一九五五年十二月又陸續撰寫《瀛海恩仇錄》、《莫愁兒女》、《珠簾銀燭》、《劍膽詩魂》四部曲。目前網路上將《古瑟哀弦》等六部書稱為六部曲，實為大謬，因《古瑟哀弦》背景乃清代咸豐年間，而《瀛海恩仇錄》等四書跨越清初康熙、雍正、乾隆三朝，前後呼應，格局壯闊，乃兩個系列。

嗣後，郎紅浣又撰《瀛海恩仇錄》前傳《玉翎雕》，以及《青溪紅杏》（一九五八年四月）、《黑胭脂》（一九五九年三月）、《四騎士》（原名《赫圖阿拉英雄傳》一九六〇年二月）、《酒海花家》（一九六一年五月）等書。每部小說相隔皆不超過一周，足見《大華晚報》的重視程度。

郎紅浣家徒四壁，手頭沒有任何一本參考書，所有小說的人物、故事情節、山川風物皆在腦海中。可見其腹笥充盈，文思敏捷。

《古瑟哀弦》第二回有一段室內陳設描寫：

> 廳上隨便陳列著十多樣古玩，壁間掛了幾幅仇十洲的仕女圖；地下是一色花梨木桌椅。
>
> 左邊房子裡，一排放著四張書架，有幾百部圖書緗縹飄拂；對面是一合博古櫥，裡面是三五盒好圖章，一兩塊漢瓦秦磚，爐鼎尊彝，瓶盤杯斝。窗前橫著一張書案，筆床墨水匣，雅切宜人。
>
> 右邊屋子背窗放了一張楊妃榻，左右夾著兩盆梅；粉紅窗幃，湖

綠絨條。

窗下金籠鸚鵡，羽光若雪。當地一張紫榆的長形桌子，上面排著一個美女聳肩花瓶、一副古瓷茶具、一個盤螭古鼎；兩邊疏落地散放著兩行几凳，當中安下一張獨睡床，蔥白色的帳子，蘋果綠的錦衾，底下是灰鼠的褥子，迭著一對雪白的繡枕，床邊側立一架玻璃鏡子的花櫥。雪白粉牆，並不濫懸字畫，僅僅是張起兩幅刺繡；一邊是添壽海鶴，一邊是滾塵駿馬，真是不華不樸，不脫不黏，好一個幽雅臥室。

郎紅浣行文典雅自不待說，這段文字讀來，竟然如同閱讀文物專家朱家溍先生的《明清室內陳設》一般，宛若目見，歷歷如畫。

郎紅浣開台灣武俠風氣之先，吸引了大量讀者，也帶動了其他作家投身武俠小說創作，從此點上來講，其開創之功，不可磨滅。

考諸郎紅浣之為人，又讓人不勝唏噓感歎，郎紅浣和後來的古龍，一老一小，一前一後，足可以前後映照。

郎紅浣婚前滿世界亂跑，婚後又不顧及妻兒老小，沉浸在自己構築的天地中。郎紅浣性好交遊，素重義氣，常請朋友喝酒，甚至將子女的學雜費和衣物拿來轉送朋友救急，也常借支稿費，寅吃卯糧，不理家人死活。所以年邁的郎志堅、郎知平兄妹至今回憶起來，仍說父親是個不可救藥的「天涯浪子」：「生活中只重視朋友而沒有家人。說到底，他是不應該成家的。母親跟著他，擔驚受怕，沒過上一天好日子。真是太委屈了！」

一九五七年三月二十日，郎紅浣的《玉翎雕》連載至第七回未完，患了一場大病。薛心鎔擔心報紙斷稿，有意尋覓新人以接續武俠連載。這時來了位年輕人，自承是台南《成功晚報》副刊編輯童昌哲，筆名「伴霞樓主」，他帶著自己和友人的小說來做應徵。薛心鎔當即看中了伴霞樓主友人的稿件，準備採用。偏巧這時郎紅浣病痊，繼續撰寫，薛心鎔為人厚道，不忍讓老作家為難，只好作罷。《玉翎雕》之後，郎紅浣緊接著又寫《青溪紅杏》。薛心鎔下定決心打破《大華晚報》武俠連載的「一枝獨秀」，於一九五八年八月十六日，將他心目中「武俠新秀」的小說推薦上刊，與《青溪紅杏》「雙姝並列」。

這部小說名為《飛燕驚龍》，作者是臥龍生。

臥龍生本名牛鶴亭，用了筆名後，朋友都喚他「臥龍」，原本的稱呼「牛哥」，則專屬於朋友李費蒙了。

臥龍生生於一九三〇年，河南南陽鎮平人，早年家貧，讀到初中，上了河南省南陽園藝學校，其校址是河南歷史上的臥龍書院，後來他寫武俠小說所取筆名正是來自於此。

一九四六年，臥龍生為謀生而從軍，到南京參加第四軍官訓練班，個子還沒槍高。

一九四八年隨軍到台灣，做到中尉。在軍營裡，臥龍生讀了一肚皮中國傳統小說和歐美文學，一九五六年，臥龍生牽涉進一個案件，就此退伍。為謀生計，臥龍生去學騎三輪車。朋友見他如此潦倒，便勸他：「你不是喜讀書寫東西嗎？不如試試去寫武俠小說。」

一九五七年初，臥龍生得好友伴霞樓主童昌哲的幫助，先後在台南《成功晚報》、台中《民聲日報》連載《風塵俠隱》及《驚鴻一劍震江湖》二書，步入武俠文壇。

臥龍生在軍隊的月薪不過新台幣五十四元，當時教師的月薪也才新台幣九十元。臥龍生所得稿酬千字新台幣十元，一個月能有新台幣二百八十元收入，一天的收入能買八公斤大米。臥龍生一掃困窘，從此選了筆墨謀生。

《風塵俠隱》和《驚鴻一劍震江湖》二書乏善可陳，不脫說書老套，且因病未能寫完。一九五七年玉書出版社同期出版時，由老闆黃玉書以筆名「吾愛紅」續完，現在市面上這兩部書的後半部分皆非臥龍生所作。

臥龍生這次撰寫《飛燕驚龍》，不再是此前的啼聲初試，他由台灣中南部的小報《民聲日報》、《成功晚報》，成功登上全台發行的《大華晚報》，一躍而成台灣武俠文壇上的著名作家。兩年後，這部《飛燕驚龍》刊載未完，即「一魚兩吃」，易名《仙鶴神針》，以「金童」筆名，在香港《武俠世界》刊登，風光一時，名動香江。

一九六〇年，薛心鎔轉任《中央日報》副刊主編，隨之臥龍生的代表作《玉釵盟》於十月一日連載於《中央日報》，由此奠定臥龍生「台灣武俠泰斗」的地位。

《玉釵盟》造成了空前轟動，號稱是「人人看『玉釵盟』，人人談臥龍生」。

林保淳曾言，《玉釵盟》在台灣之流行，有兩個傳說，一是「公車排隊」，二是「豆漿店的故事」。傳說不同，卻是一個背景。

一九六〇年的台灣，一般家庭還沒有訂閱報紙的習慣，只有機關、學校、商家、店鋪才訂報紙。《中央日報》為增影響力，在台北市重要路段的候車站牌邊設置閱報欄，以供民眾閱讀。當時台灣民眾沒有排隊風氣，卻有人發現，在某站牌邊排起了長隊，近前觀看，才知道是排隊閱讀《玉釵盟》。

另有一家豆漿店，每逢清晨，起滿坐滿，人人道是生意興隆，卻見老闆愁眉苦臉，原來店中訂了《中央日報》，客人非要輪番看完《玉釵盟》才肯離開。豆漿店賣不了多少豆漿，卻成了公共閱報區。

這兩個傳說雖無佐證，卻可見《玉釵盟》在台灣流行的程度。

臥龍生儘管後期創作力漸衰，但卻是台灣武俠小說的奠基人，堪稱台灣「武林盟主」，除了後來的古龍，無人能望其項背。即使到了一九七六年，據學者馮幼衡的調查，臥龍生在讀者中猶有高達百分之四七點零六的支持率。

一九六〇年，成為台灣武俠小說發展歷程中一個重要的轉捩點，縱觀這一年：老作家郎紅浣鼓起餘勇撰寫《四騎士》；伴霞樓主撰《青燈白虹》三部曲和代表作《八荒英雄傳》；臥龍生的好友諸葛青雲見獵心喜，在處女作《墨劍雙英》試筆之後，寫出了《紫電青霜》和《一劍光寒十四州》；司馬翎出版《白骨令》、《劍神傳》、《斷腸鏢》；蕭逸寫出處女作《鐵雁霜翎》的同時，連開《七禽掌》、《虎目峨嵋》兩書；老作家孫玉鑫寫作《滇邊俠隱記》；慕容美以筆名「煙酒上人」撰《英雄淚》、《混元秘籙》；獨抱樓主撰《南蜀風雲》、《青白藍虹》、《璧玉弓》；最年幼的十六歲高中生上官鼎寫出處女作《蘆野俠蹤》；東方玉試筆《縱鶴擒龍》；高庸以筆名「令狐玄」連寫《毒膽殘肢》、《血影人》、《殘劍孤星》；武陵樵子撰《十年孤劍滄海盟》；墨餘生寫出《瓊海騰蛟》。

除了稍晚的柳殘陽（一九六一，《玉面修羅》）、司馬紫煙（一九六一，《環劍爭輝》）、曹若冰（一九六一，《玉扇神劍》）、蕭瑟（一九六二，《旋風曲》）、陳青雲（一九六二，《殘人傳》、《鐵笛震武林》）、雲中岳（一九六三，《劍海情濤》）、獨孤紅（一九六三，《紫鳳釵》）、秦紅（一九六三，《無雙劍》）、雪雁（一九六三，《血海騰龍》）外，台灣武俠小說的名家幾乎已經全都踏入「武林」，開啟了後來有三百餘名作者的龐大創作隊伍，可謂金鼓喧闐！

五

一九六〇年，高手下山，劍氣縱橫，古龍羞澀地拿出了他的武俠處女作《蒼穹神劍》。

古龍當然不是第一次寫小說。一九五五年十一月，古龍讀高二時寫了一篇小說《從北國到南國》，刊登在台灣《晨光》雜誌第三卷第九期。

這是一篇憂傷且抒情的短篇小說，全文約有五千字，文風文白夾雜。故事講述少男少女的成長煩惱，寫愛情和理想的幻滅，模仿的是民國作家常寫的題材。

主人公謝鏗，沒有父親，因貧困而失學，努力且艱難地前行，最終，最愛的女人也病逝了。他在人生路上不斷失去，只剩孤獨相伴。

從小說的描寫，實不難窺見少年古龍心中的苦悶，畢竟作家最初的寫作多由自身經歷出發。謝鏗這個名字，後來又出現在《遊俠錄》中，為父報仇錯殺了救命恩人，自斷雙臂以償過失，雖不是主角，卻讓人印象深刻。

《蒼穹神劍》於一九六〇年由第一出版社出版。

小說寫少年熊倜背負深仇，結識仇人之女夏芸，攜手與武林正派對抗天陰教的故事。情節老套，行文生澀，刻意遣詞造句，並且文藝腔調十足。可見寫作一道，來不得半點取巧，即使天才如古龍，亦須從零開始。

目前流傳的《蒼穹神劍》皆為刪節版，原書近四十萬字被刪減為二十萬字，有的段落甚至是大幅度改寫縮寫，有的甚至是整章刪除，後十五章基本全刪，並改了結尾。

二〇一二年，名為《十二長虹》的書影現身網路，該書於一九六一年一月由四維出版社出版，第一書社總經銷，作者署名「正陽」，書前有一則啟事：

古龍先生為本社撰寫之《蒼穹神劍》，至第七集因事冗未克執筆，由本社促請正陽先生續寫第八至第十四集暫告一段落。現經本社敦促正陽先生就《蒼穹神劍》一書原有人物，精心別撰《十二長虹》一書，格調新穎，情節離奇，而寫情處，尤擅纏綿悱惻之致，今

《十二長虹》出版伊始，特為讀者鄭重介紹。第一書社敬啓。

這樣看來，作為古龍武俠小說處女作的《蒼穹神劍》，古龍只寫到第七集。現在的版本承襲自漢麟出版社。一九七〇年代末，漢麟出版社出版「古龍早期作品」專輯，共收五部作品，其中有《蒼穹神劍》。

策劃者寫道：

那時候古龍的思考力和寫作技巧當然不如現在，可是看了這五部書之後，不但可以瞭解到他在年輕時那種充滿生命力和想像力的衝勁，也可以看到一個始終想求「新」求「變」的作家，在掙扎奮鬥中成長的過程。

這是中肯之言，沒有《蒼穹神劍》這些早期作品鋪墊，也不會有後來的古龍。也就是在這個版本中，漢麟出版社刪去了大量文字，模糊了《蒼穹神劍》的原貌。原刊回目頗為傳統，如第一回為「柳絲翠直，秣陵春歸雙劍；梅蕚粉褪，禁苑寒透孤鴻」，新版直接改成「星月雙劍」。

漢麟出版社成立於一九七二年，發行人為李碧雲，主事者為于東樓。胡正群曾撰文說，古龍在三福公寓寫作時，屏絕交遊，「但有三個人是僅有的例外」，其中之一就是于東樓。漢麟出版社社址位於牯嶺街二十一號，樓上即為三福公寓，可見二人的友情。

《蒼穹神劍》之刪改，或許正是出自古龍本人之手。

《蒼穹神劍》原刊本極為難得，二〇一二年，許德成通過陳曉林協助，聯繫到淡江大學中文系鄭柏彥教授，才得以看到了這套書的真貌。這套書是台灣早期薄本裝訂，是第一書社在一九七七年二月的重印本，由萬盛書店經銷，共十八冊，章數為四十章，均署名古龍。重印本將原刊本的十四冊拆分成為十八冊，但內文版式未變。因是出租書，每三集裝訂成一冊，成為六冊，但原先十八集的封面封底仍在。每冊總頁數從七十至八十頁不等，內頁也穿插其他武俠小說廣告。每一集的回數大約二到三回不等，每一回頁數落差也很大，常有一回「跨集」的狀況。

對於這本小說，古龍自己也稱：「那是本破書，內容支離破碎，寫得殘缺不全，因為那時候我並沒有把這件事當作一件正事……」

古龍創作武俠小說伊始，確實不算認真，其目的不過是用來換錢糊口。

一九六一年二月，古龍另一部作品《飄香劍雨》第六集開頭出現一篇古龍寫的《新歲獻辭》：

匆匆歲暮，又始新春，倏然一年，彈指間過，所以望者，值此新歲，能為諸君，稍娛雙目。蒼穹有七，劍毒有四，孤星零落，書香只一，遊俠雖全，湘妃未三，飄香劍雨，一巴掌矣，零零落落，深致歉意，殘金得續，神君有別，稍強人意，諸書都全，才對得起，新的一年，加工加急，讀者諸君，恭賀新禧，古龍拜年。

其中「蒼穹有七」，恰可證明《蒼穹神劍》只完成七集。

「劍毒有四」指《劍毒梅香》只完成四集古龍即罷寫，大致為今日版本的第十四章，從第十五章開始，由清華書局請上官鼎續寫，其中間隔五個月，於一九六〇年底繼續出版，停筆原因，應是古龍嫌稿費低，上調稿費不允，古龍拖延交稿，因此出版社找人代寫。

後來，古龍不服氣，於一九六一年寫作《神君別傳》，該書接續《劍毒梅香》前四集故事，是為「神君有別」，合起來成為古龍完整的《劍毒梅香》。

「孤星零落」，指此時《孤星傳》只完成第一集。

「書香只一」，指《劍氣書香》只完成一集，後面的二至八集由陳非續寫。

「遊俠雖全」，應是《遊俠錄》已完成，這是一九六〇年古龍唯一完成的小說。

「湘妃未三」，指《湘妃劍》當時還沒有出版三集。

「飄香劍雨，一巴掌矣」，指《飄香劍雨》不過出版五集。

「殘金得續」，可能為古龍《殘金缺玉》在香港《南洋日報》連載時中途斷稿，後來古龍又重新接續。

仔細算來，加上裡面沒提到的《月異星邪》、《彩環曲》、《失魂引》、《劍客行》、《護花鈴》，一九六〇年至一九六三年，古龍寫作小說十四部，僅一九六〇年初登武壇，就開筆六部。

這十四部作品中，《蒼穹神劍》、《劍毒梅香》、《殘金缺玉》、《劍氣書香》、

《飄香劍雨》、《劍客行》、《護花鈴》等都有不同程度代筆或潦草完結的現象。新人古龍，創作態度令人不敢恭維。這種糟糕的行為，讓古龍一度被出版社「封殺」，一九六三年，只有真善美一家出版他的小說。

但從古龍的創作歷程來看，古龍應要感謝這次「封殺」，這種狀態逼得他認真對待小說寫作，文字技巧逐漸提升，對於武俠小說也愈發有了自己的思考，才在一九六三年到一九六五年陸續寫出了《情人箭》、《大旗英雄傳》、《浣花洗劍錄》等代表作，及至一九六六年，倪匡在香港為《武俠與歷史》向他約稿，古龍拿出了《絕代雙驕》，加上此前的《武林外史》，從此，古龍武俠小說中「浪子」遊俠的形象，才終於確立。

古龍早期代筆或爛尾之作雖甚多，但是在漢麟出版社的「古龍早期作品」專輯中，大幅度刪削，乃至重寫結尾的小說，僅有《蒼穹神劍》一部。刪節過的《蒼穹神劍》，不僅刪掉了正陽續寫的後十五章，前面近二十六章的古龍親筆，也有不同程度刪改，有的段落甚至一下刪除數千字，這就不免讓人大感疑惑，古龍為何要這樣做呢？

武俠小說收藏家趙躍利考據，正陽即台灣作家高陽生，另有筆名賞花樓主，還以筆名百笑生寫雜文，以筆名萬里傳寫諜戰小說，也為不少武俠作家代過筆。據高陽生一篇文章自敘，古龍的父親熊飛與高陽生的大哥是高中的同班同學，又是一九四四年「十萬知識青年從軍」一同投入「青年軍」的同袍，是以高陽生和古龍一家算是通家之好。

熊飛春風得意的時期，大致有兩個階段：

第一階段是一九五四年到一九五七年，第二階段是一九六四年到一九六七年。這兩個時期，高玉樹都是台北市市長，熊飛與高玉樹關係至厚，身為幕僚，也算風光一時。

按高陽生的說法推測，熊飛一九六〇年不得意之時，曾短暫回歸過家庭，因為《蒼穹神劍》這個書名是熊飛所取，整個故事大綱也由熊飛構思，最重要的是章回體的回目也出自熊飛之手。

熊飛曾經寫過武俠小說，所以起手就是少年報仇的套路故事，彼時武俠小說回目多為章回小說對仗結構，古龍實則並不擅長，其諸多作品，僅有《蒼穹神劍》、《劍毒梅香》（前十四章有對仗回目，第十五章開始上官鼎改為四字標題，今傳本合併為十五章，刪掉回目）、《神君別傳》（估計古龍故意要和前十四章統一，取了對仗回目）、《劍氣書香》（僅三回）四部書是對仗的標題，不能不說古龍背後無人指點。

《蒼穹神劍》主人公姓熊，恐亦是熊氏父子聯手締造，甚至第一回熊飛也曾寫過若干段落。後來《十二長虹》封底廣告上，《蒼穹神劍》第一集的作者為「抱劍書生」，到第二集才署名古龍。當然，這些皆為推測。

古龍就這樣寫到第七集，究竟是家庭再次生變，還是古龍實在對這個故事沒了興趣，他終於擱筆，才有了前面《十二長虹》廣告頁說的「因事冗未克執筆」的說法。古龍選擇不寫，可是故事還未結束，出版社只得請高陽生出手，代筆續完。

高陽生當初看過熊飛編寫的故事綱目，是以續起來毫無壓力，順利完稿。不管《蒼穹神劍》試筆如何，畢竟給古龍帶來了可靠的收入。

一九五八年到一九六八年，台灣一冊「薄本」武俠書不過七十二頁，加上標點，大約兩萬字，每本稿費至少五百元新台幣，那時候沒有版權、版稅，一手交稿，一手拿錢或支票，以每本八百元新台幣到兩千元新台幣占了大比例。

臥龍生、諸葛青雲一本拿四千五百元新台幣的時候，古龍和蕭逸等人「初出茅廬」，每本不超過六百元新台幣，但是大多數武俠作家都可以三天寫一本，所以月入稿費最少也有三千元新台幣，月入萬元的占了多數。當時台灣省「主席」的月薪也只有新台幣五千元左右，有些名家還同期在港台兩地的報紙連載，等於是一稿有多處收益，真是「名利雙收」。我談武俠小說，經常會說到「利趨於前，名成於後」，我們固不應將武俠小說的文學性抹殺，但武俠小說創作伊始，作者少有高尚情懷，高稿酬是最大的驅動力。

以武俠作家陳青雲為例，他也是軍中退役後，生活無著，平常以擺書攤維持生計，一九六一年結婚後，處境更為艱難。陳青雲是雲南省雲龍縣人，少年時是典型的文學青年，寫過不少散文和詩歌。陳青雲自陳，在這種境況下，寫了本武俠小說《殘人傳》，寄給清華書局。清華書局成立於一九五〇年代末，由新台書店出租小說起家。

出版武俠小說後，封底標明出版印刷者為清華書局，但封面卻標明新台書店印行，不知情者常誤以為是兩家出版社，實為一套人馬，兩塊招牌。陳青雲當年究竟等了多久無從考證，不過書局編輯登門時，那天家裡已經無米下鍋了。

根據《台灣武俠小說發展史》介紹，陳青雲最早的作品是一九六二年的《鐵笛震武林》。現存《殘人傳》資料，封面標明新台書店，出版時間為一九六八年，坊間沒有發現《鐵笛震武林》的初版資料，另有《音容劫》、《殘肢令》二書，與《鐵笛震武林》約莫同時，陳青雲的處女作究竟是哪一部，猶待考證。

一九五九年底，胡適應邀訪問香港世界新聞學校時演講，在演講中特別提到武俠小說「下流」，引起了金庸、倪匡等武俠小說作家的反感，在香港各大小報刊撰文抗議。消息經《聯合報》刊載，台灣的作家的反應表面雖頗為冷淡，卻也有像雲中岳這樣因氣憤不過，決定撰寫歷史武俠的作家，心中不平之意，亦可想而知。

文學界大環境的影響，讓這些作家大抵以「著書多為稻粱謀」為憾，不願多提。陳青雲晚年回雲龍探親時，他的小說已在內地廣泛流傳。陳青雲的妹妹陳德瑞看過陳青雲的小說，只是不知道這個作者就是他們尋找多年的大哥。兄妹恢復聯繫後，陳青雲也從未提自己的寫作，直到一次聊天，才不經意說起，那個寫武俠的陳青雲就是自己。今天的雲龍縣因武俠小說將陳青雲列為地方文化名人，這恐怕是陳青雲當年做夢也不會想到的。

陳青雲的武俠小說，被稱為「鬼派」，是台灣武俠小說中頗具特色卻評價甚低的一派。持平而論，陳青雲初始有「鬼派」風格，但一九七〇年《石劍春秋》

後，開始有意識轉變，後期作品描寫較深刻，不能一概而論。

但不可諱言，「利之所在，人皆趨之」，這是台灣一九六〇年代到一九七〇年代「武俠熱」的主要原因。古龍頻繁開稿，也是在以數量換取更多的收入，直到創作進入成熟期之後，不再為吃飯而寫稿，為武俠小說提升地位轉而成為執念。

古龍在一九七〇年代功成名就後，回看《蒼穹神劍》，他的心情如同面對失敗的「初戀」，在失望中帶著深深的懷念。武俠小說中，俠客們有家庭，有門派，當俠客成長，離家遠行，闖蕩江湖，在贏得聲名的同時，也接受「家」的庇護。但在古龍看來，卻不是這樣。如同他在一九六七年寫的《名劍風流》，主人公俞佩玉目睹父親死於歹人之手，家已破滅，接下來父親居然「死而復生」成了「武林盟主」，他的任務竟然是要揭開「假父親」的真面目！「父親」是古龍一生無法面對的人。

古龍對於《蒼穹神劍》的再版痛下殺手，大幅刪減，正是竭力剷除熊飛和正陽的痕跡。刪掉的是文字和回目，同時也是刪除往事和回憶。猜想彼時古龍的心情，也許是痛並快樂著。父親的陰影，竟這樣伴隨了他一生。

六

從感情和教育上來說，父親對於孩子，尤其是男孩子的影響，無疑是特別重要的。潛意識裡，古龍頗為渴望父親的關懷。

一九七一年二月，古龍寫作了成熟期的代表作《歡樂英雄》。在這部小說中，古龍寫了個理想的父親形象。主人公王動的父親叫王潛石，在王動的眼裡，父親特別溺愛他，他小時候調皮，天天亂跑，回來後父母卻捨不得教訓他。父母離世後，給他留下了富貴山莊，王動則讓這個家敗落到了極點。對一個好動聰明的孩子而言，溺愛他的父親只滿足了親情，卻滿足不了他的好奇心。幸運的是，王動遇到一個神秘的蒙面人，每天晚上在墳場裡教他武功。王動的童年溫馨而又刺激。直到很多年後，他才從金大帥口中知道，神秘人原來就是父親。

金大帥說，王潛石少年時叫王伏雷。年輕時的王潛石是武林中公認為天下第一的接暗器高手，後因一個很厲害的仇家，才隱居起來。

王潛石不願意告訴兒子這些，但兒子如此叛逆，又怕他學不好武功而吃虧，所以用這種方法刺激兒子學武。

金大師講完一個父親對兒子的愛心和苦心，王動終於忍不住衝了出去。古龍在文中說，王動可能是痛哭去了。

王潛石在小說中沒有正式出場，只存在於他者的敘述中。古龍對父親的描寫，終究沒有正面落筆。

在古龍生命中，王潛石是真實存在的。

二〇〇八年十二月七日，新華社記者發了一篇新聞通訊，題目是《中國京劇魅力讓紐約觀眾陶醉》，說在紐約梨園社的精心組織下，四大名旦傳人等京劇名家齊聚紐約京劇舞台，奉獻京劇名段及京胡專場演出，紐約著名華裔報人王潛石在觀看演出後說：「很多年沒有在紐約欣賞到如此高水準的京劇表演了，這令我大開眼界，大飽耳福。」

王潛石是山東人，一九二六年生，又名王堅白，號菊農，既是著名報人，也是資深程派名票，一九四五年甫一入職，就以一篇抗戰報導留名新聞史。一九四九年，王潛石抵台，一九五三年參與創辦《聯合報》，並為第三版主編，與林海音、高陽等作家皆為好友。

在王潛石的推動下，《聯合報》開始刊載武俠小說，因此，他和臥龍生、伴霞樓主、司馬翎結拜，合稱「武林四友」。他也曾創辦了台灣第一本大型武俠雜誌《藝與文》，胡正群提到臥龍生、伴霞樓主、司馬翎三人時，特別寫道：「這譽滿台港澳的三支健筆，一度在名編輯王潛石的擘畫下，合辦了台灣第一本大型武俠雜誌《藝與文》。只可惜世事瞬變，不久，這本獨一無二的武俠雜誌，就因伴霞樓主一劍下香江而風流雲散。」

台灣刊登武俠小說的雜誌，雖也採取逐期連載再出單行本的「一魚兩吃」的方法，但經營遠不及香港，也多不持久。最早的武俠小說雜誌是一九五七年玉書出版社創辦發行的《武俠小說旬刊》，臥龍生的《風塵俠隱》、《驚鴻一劍震江湖》除了在報紙連載外，也刊登於這本雜誌，只不過很快消逝無蹤。

《藝與文》雜誌究竟堅持了多久，迄今因資料較少，很難判定其結束日期，恐出刊數量不多。可以確定的是，這本雜誌雖由台灣作家編輯，卻是在香港印刷發行。中國武俠文學學會副秘書長顧臻曾經手過幾期，其中還刊載有《鐵道游擊隊》的故事。

《藝與文》之後，有金童任主編的《武俠與文藝》雜誌，出版者是台灣小說文庫雜誌社。金童就是臥龍生，用這個筆名，表明雜誌主要發行也是在香港和東南亞一帶，不在台灣本地，其在台灣登記為「小說文庫雜誌副刊武藝小說海外版」可證。

《武俠與文藝》簡稱《武藝》，但與台灣後來的《武藝》是兩種雜誌。《武俠與文藝》創刊於一九六四年十一月五日，風格承襲自《藝與文》。究竟兩刊並行，還是有承襲關係，不得而知。《武俠與文藝》分兩部分，一部分為武俠小說，另一部分是文藝作品。文藝作品包括武俠小說之外的各種文學類型，比如言情小說、翻譯小說以及雜文、散文等。《武俠與文藝》從武俠部分來看極少首發，多為轉載，反而是文藝部分名家甚多，瓊瑤、亦舒、鄭慧、繁露、楊天成、高陽、李藍等人都曾供稿。

《武俠與文藝》坊間難覓，趙躍利收藏有數期，手中最後一期是第六十四期，時間為一九六六年一月二十日，停刊日期不詳，但以期數而言，比起動輒幾期十幾期就停刊的雜誌，堅持之時間並不算短。

台灣生命最為長久的武俠雜誌是一九七一年五月台灣春秋出版社與香港羅斌的環球雜誌出版社合作創辦的《武藝》。

春秋出版社發行人是呂秦書，故又稱呂氏書店，該社最早只是小說出租店，卻因很早將臥龍生、諸葛青雲網羅旗下，成為一九六〇年代武俠小說出版業主流。《武藝》的創刊號上寫著「半月刊·每月逢五、二十日」出版，主編為古龍，臥龍生、諸葛青雲任編輯顧問，如此陣容，可稱強大。《武藝》雜誌在港台兩地分別發行，幾期過後，這些名家編輯解散，台版主編由呂秦書擔任，港版主編則是《武俠世界》主編鄭重。港版和台版在內容上頗有差異，《武藝》雜誌英文刊名為Saga，意為「傳奇」，卻也貼切。

《武藝》雜誌在坊間資料遠不如香港《武俠世界》、《武俠春秋》多，其創刊號上沒有時間，有「俠友」在微信群中上傳創刊號照片，武俠作家西門丁留言，說是應為一九七〇年代初。西門丁言，上面的香港電話是六位數，一九七三年香港電話才是今日位數，香港島在前面加五，九龍加三，新界加十二。

一九七四年七月《武藝》雜誌從三十二開本改為十六開本，此後，這種雜誌只有台版，再無港版，直至一九七八年左右「革新號」出現。

這一次港台合作，或是「春秋」與「環球」的經營策略。呂秦書需要的是編輯武俠雜誌的經驗，打開香港、東南亞市場，羅斌同樣想讓《武俠世界》在台灣鋪開。港版《武藝》中有大量《武俠世界》的廣告，台版則一篇也沒有。

從一九七一年創刊至一九七四年改版，是《武藝》雜誌的黃金時期。這一時期的《武藝》裡，有諸多名家長篇力作，例如古龍《桃花傳奇》即刊於創刊號，陳青雲的《無字天書》（即《百里雄風》）、宇文瑤璣的《死林》、司馬紫煙的《郭解》、《朱家》、《劇孟》、《風塵三俠》等中短篇、柳殘陽的《魔尊》（即《天禪杖》）、《果報神》（即《渡心指》）等諸多作品皆為首載。

大概自一九七五年後，《武藝》品質每況愈下，重複刊登舊稿，雜誌發行至一九七八年左右，雖單獨發行「革新號」，想再次拓展東南亞市場，可惜與同時期香港的《武俠世界》比較，不免相形見絀。迨至一九八〇年代中期古龍逝世，俠氣消散，《武藝》淡出江湖。

在這裡，我又不得不蕩開一筆，介紹一下「武林四友」中的伴霞樓主。伴霞樓主亦是台灣武俠小說界二十世紀五十至六十年代的著名作家。

一九五七年十月，伴霞樓主撰寫的處女作《劍底情仇》發表於台中《民族晚報》，後由春秋出版社出版，可謂台灣較早從事武俠小說寫作的作家，臥龍生還是在他的幫助下發表作品的。他也與臥龍生、諸葛青雲、司馬翎並稱為台灣武俠的「四霸天」，因曾任台南《成功晚報》副刊編輯，下班時近黃昏，故筆名為伴霞樓主。奇怪的是，伴霞樓主卻在一九六〇年代中期武俠小說最興盛之時，作品量銳減，後出走香港，此後在武俠小說史上難覓其蹤，《台灣武俠小說發展史》上對其也只一句「其後不知所蹤」。此外，網路上資料舛錯甚多，不妨在這裡補敘幾句。

伴霞樓主，本名童昌哲，一九二七年出生，四川省富順縣趙化區人。一九四七年，童昌哲自瀘州登船赴台，登船不久，其家人收到消息，說他所乘之船沉沒於長江。

然而，一九六五年某天，童昌哲的母親及家人在電影院看電影時，從電影院放映的新聞簡報中，看到了李宗仁歸國的報導，竟有童昌哲作為香港《今報》記者，隨行到北京採訪國務院副總理兼外長陳毅的畫面。

港。

童昌哲的母親喜極而泣，家人也才知道童昌哲還活著，且已經從台灣移居香港。

這個時間，恰可以和胡正群所言的「一劍下香江」差不多吻合。童昌哲於一九六五年離開台灣，成為香港《今報》的記者，筆名為童彥子。

李宗仁記者招待會的時間為一九六五年九月三十日，會後留有一張合影，前排有周恩來、宋慶齡、陳毅。有趣的是，第四排居中有童昌哲和金庸。

童昌哲參加記者招待會後，寫了系列通訊《大陸採訪通訊》和《紅都歸來》，在香港《今報》連載，並被《參考消息》轉發。《大陸採訪通訊》中，童昌哲寫道：「火車在遼闊的原野奔馳了，堤邊的蕉葉黃了，晚稻卻已給田野鋪上廣大無邊翠綠的茵毯，牧童悠閒地趕著牛隻歸去……現在，專機的馬達已在發動了，五時二十分，我們即將乘它飛躍萬里。今晚，我將見到北京的燈火。」

一九八三年，伴霞樓主與內地的親人取得聯繫，常在香港、北京兩地居住。著名油畫家童昌信是他同父異母的弟弟，據童昌信回憶，這一時期，伴霞樓主一度重新提筆進行小說創作，曾在他的家中寫了一部長篇武俠小說《一代天驕》，共四冊七十八萬字，但這部手稿沒有出版，連同另一部小說的手稿，歷經數次搬家而不知所蹤，散佚殆盡。

二〇一一年伴霞樓主逝世，比起同時期的武俠小說作家，算得上高壽。

閒筆道罷，再說王潛石與古龍。

一九六〇年代，臥龍生寫作武俠小說的風頭正勁，古龍常去台北公同路臥龍生的居處。每當王潛石去找臥龍生，古龍總是藉故溜走。

臥龍生對王潛石說：「他有些怕你，因為你人正直，他自覺有些邪門。」有一次古龍見到王潛石又想開溜，王潛石卻叫住了他：「你不要走，每個人只要不犯法，都有其生存條件，生活方式儘管不同，我行我素，與人何干？故人不下流，毋須自慚。」

彼時台北警方每次臨檢，都宣告戒嚴，公共場所的可疑人員以及夜遊者，常被抓入警局訊問。古龍酗酒，又流連風月，加上他為逃避兵役，一直沒有身分證，遂成為警局常客。遇到這種情況，古龍只好打電話到報館找王潛石，王潛石則親持戒嚴通行證到警局去保他。有時王潛石報館人手不夠，就拉古龍寫稿。王潛石口述，古龍落筆，行文流暢，幾乎不用修改。王潛石也曾想推薦他為報館記者，但因他沒有身分證，誰也不敢聘用。

這個時期，古龍開筆小說甚多，但其時已泯然眾人。王潛石覺得古龍有才氣，卻不脫傳統窠臼，遂誠懇告誡古龍，要在小說中寫「人」，而不是寫「神」，並說：「你讀的是外語外文，應曾窺探西洋文學的門牆，汲取他們的營養，做你自己的飼料。」

這番話對古龍頗有觸動，而王潛石在一九六〇年代，能看出古龍的文筆特色，並提出精準建議，亦算慧眼之識。

一九七六年，王潛石去美國創辦《世界日報》後，其妻在台將位於仁愛路的房屋待售，古龍曾有意購買，後知售屋者是王潛石夫人，自覺不好講價而作罷，才轉買了位於天母的住宅。

一九六三年後，古龍與女友鄭莉莉相識熱戀，同居於台北縣瑞芳鎮。古龍沒有身分證，未與鄭莉莉辦理結婚登記，但兩人確有宴請親友，就法律上而言已視同夫妻。一九六六年末，古龍有了長子鄭小龍，還是身分證的問題，長子上戶口時一直從母姓。

古龍寫武俠小說，但不會武功，長子鄭小龍卻是實打實的「武林高手」。鄭小龍十三歲學習柔道，因成績突出，被保送到台灣「中央警官學校」就讀，畢業後任職於台灣內政部門警政署航空警察局。

二〇〇七年五月，鄭小龍被內政部門警政署選為馬英九的隨員，後因處理古龍作品的授權，奔走於海峽兩岸，遂提交辭呈，離開警界，至台灣「中央員警大學」與「台灣員警專科學校」擔任柔道教官。

說來也是有趣，馬英九學生時代，也寫過武俠小說。據馬英九自承，初中二年級時，他曾經試寫了一本武俠小說《竹劍銀鉤》，但沒有寫完，後來寫作文，老師還給他的作文下了評語：「語氣老練，有江湖味。」

這個時間，正是一九六三年，比馬英九年長七歲的劉兆玄大學在讀，以筆名「上官鼎」寫作《七步干戈》。四十五年後，劉兆玄應馬英九之邀，就任台灣地區行政管理機構負責人。冥冥之中，人與人的聯繫萬縷千絲，對於一九六〇年代的台灣而言，「武俠」是最大的因緣。

鄭莉莉家庭的溫暖，讓古龍進入他生平最為安定的一段時間，而出版社的「封殺」、王潛石父執輩的關懷，也讓他將精力專注於武俠小說寫作上。

這段時間，胡正群曾到古龍瑞芳的小樓去看他，見他屋裡堆了很多《拾穗》、《今日世界》、《自由談》之類的書刊，還有他奉為經典的日本小說《宮本武藏》，可見古龍已將破解武俠小說創作困境的目光聚焦於「外力」。

古龍概歎：「以目前的環境，要想在武林出人頭地，實在不容易，所以必須『面壁潛修』，必須突破。」

台灣當時各大報刊「群雄揮戈」，臥龍生、諸葛青雲、司馬翎等名家長期盤踞版面，武陵樵子、古如風、蕭逸等人緊逼其後，古龍彼時之壓力可想而知。

古龍蟄伏在瑞芳「潛修」，筆落如風，舉起了「求新求變」的大纛，他的一系列名作如《武林外史》、《絕代雙驕》、《鐵血傳奇》（即《楚留香傳奇》）《多情劍客無情劍》等，都是居住在瑞芳時期完成的。他的作品雖未在台灣的報刊霸佔版面，卻開始了小說的「香港首載」。古龍的大部分作品先刊登在香港的《武俠春秋》和《武俠世界》，然後才交由台灣的出版社出書，可以說起於台灣，爆紅香江。

古龍武俠小說實際上成名於香港，這是古龍為香港《武俠春秋》撰寫《風雲第一刀》的親筆啟示。多年來，坊間流傳《風雲第一刀》為《多情劍客無情劍》本名，現有《武俠春秋》最早發表為證，實為《邊城浪子》。

他開始嘗試由長篇大論轉為系列故事、分段式長篇，節奏更為明快，分行更為頻繁，將電影概念引入小說，使故事精煉、寓意深刻——《多情劍客無情劍》中借鑒毛姆的《人性的枷鎖》，探討人性自身的缺陷和困境；《鐵血傳奇》自伊恩・弗萊明的「第七號情報員」（即〇〇七）吸收靈感；《流星・蝴蝶・劍》借鑒馬里奧・普佐的小說《教父》；《拳頭》將「嬉皮士」文化浪潮引入小說……

甚至在最後創作階段的「大武俠時代」，其中的《海神》，古龍也致敬了理查・康奈爾寫於一九二四年的小說《最危險的獵物》。

一個嗜血成性的白俄將軍，在沙皇政權倒台後，隱居島上，因為酷愛打獵，在對獵殺動物失去興趣後，就引誘航海的人進入島嶼，並把人當作獵物。他將人比作最危險的獵物：有勇氣、智謀，且具有思維能力。一個年輕獵人遭遇海難，進入小島，於是，他們展開了一場狩獵與反狩獵的追逐。

《海神》中卜鷹遇到墨七星，被墨七星當作獵物，其人物關係和故事架構與《最危險的獵物》極為相似。白俄將軍的助手叫作伊萬，墨七星的助手叫伊莎美，二者都是先一步落入狩獵者自己佈置的陷阱中。

大陸《最危險的獵物》譯文最早見於一九八四年第十二期的《外國文學》，

港台沒有找到記錄，但是即使沒有譯文，古龍也是可以直接閱讀原文的。

我曾就這個問題徵詢過陳曉林，只是陳曉林沒看過理查・康奈爾的小說，也沒聽人提過《海神》可能借鑒於此，但陳曉林也說：「古龍看書很多、很雜，看過而無意識地受影響，並非不可能。」

一九七二年，古龍「破繭成蝶」，卓然成家，他的家也從瑞芳搬到了台北麗水街附近，這時古龍卻拋棄了鄭莉莉母子，結識了葉雪。葉雪為中日混血，母親是日籍女子，所以古龍的朋友戲稱葉雪為古龍的「日本女朋友」。實則葉雪本人在台灣長大，不識日文。

一九七三年，葉雪為古龍生下其次子葉怡寬後，牛嫂看不下去，遂做主讓古龍與葉雪簽下一紙結婚證書。但古龍與葉雪的關係，在誕下次子後逐漸轉壞。

一九七四年，葉怡寬出生後第二年，古龍離開葉雪母子，結識了梅寶珠。

一九七五年，古龍與梅寶珠結婚，並完成戶籍登記。梅寶珠因此成為古龍一生中唯一確定完成公開儀式並進行戶籍登記的合法妻子，一九七七年，三子熊正達出生。然而，古龍與梅寶珠的婚姻最終還是走向了悲劇的結局。這段婚姻從一九七五年開始，自始至終就有各種女性介入，梅寶珠在歷經多次傷害後，悲痛攜子離去。

古龍酒色不禁，至此力不從心，創意雖佳，卻欠缺了寫作活力。「楚留香」、「小李飛刀」、「陸小鳳」分別結束在懸疑失控的《午夜蘭花》、近乎大綱的《飛刀・又見飛刀》，實為爛尾的《劍神一笑》，庶幾可思過半矣。古龍這種重情欲、輕別離的心態，雖多情亦無情，他似乎隨時渴望著身邊女人的陪伴與關懷，但對於伴隨感情而來的承諾與責任卻全然不願面對。三個兒子對古龍這個父親也都充滿恨意，其情形竟如古龍對其父親一樣！

七

一九八五年四月九日上午，古龍看完報紙，每個字都讓他無法招架，整個人幾乎崩潰，他將自己關到屋裡的電視房，足足半天也沒有出來，桌子上傭人陳美為他準備的午餐原封未動，直到丁情來，古龍才走出房間，說了句：「她們果然叫你來了。」已經戒酒的古龍再次端起了酒杯，當酒在瓶中消失，古龍終於開口：「你認為我該去嗎？」

丁情立刻回答：「該去。」

古龍沉默，再次舉杯，酒醉之後，他終於去醫院見了父親。但古龍終究沒法子獨自面對父親，所以他通知了記者。

翌日，一九八五年四月十日，《聯合報》第五版刊登通訊《父染沉痾 子罹痼疾 白頭黑髮 相對黯然——卅載分離 古龍無言灑酸淚 日薄崦嵫 病榻原是傷心地》，文中說：「老父昏迷病榻，古龍因為肝疾，也不再是父親印象中虎背熊腰模樣。觸景生情，『古大俠』不禁掩面痛哭！」

古龍對記者說：「上一輩的感情糾紛，造成家庭的不幸，為人子怎麼能對這件事加以評論或任何述說？」「我自己重病在身，看見父親病得也不輕，心裡實在難過！」

在丁情眼中，見過父親的古龍，心情似乎沒什麼異樣，只不過精神極為憔悴，外表看來豪情依舊，笑聲爽朗，可這種衝突的組合，讓丁情更為憂心，因為他感覺古龍強顏歡笑下的那種痛楚，濃得讓人窒息。

三十載的痛苦湧上心頭，古龍無論如何也無法釋懷。古龍此前已結識了新女友于秀玲。

據陳曉林回憶，大約一九八四年，古龍宴請陳曉林、薛興國、石敏、王磊、丁情及許多文化界人士，古龍當天特意身穿大紅襯衫，並對眾人說，這算是他與于秀玲請朋友們喝喜酒，可見古龍當時有了婚姻的承諾。無論是身體還是心理，曾經算是死過一回的古龍，重新面對人生時，已決定戒酒重來，構築他的「大武俠時代」。然而父子關係這一痛苦的「刀鋒」，他終究沒有闖過。

對古龍而言，這種痛苦並非一時發生，而是從小就刻印在他的心靈上，隨著時間的滋潤，這條疤只能是越深越痛，痛到終於崩潰。

古龍曾說，一個作家，不但要敬業，而且要樂業。從敬業到樂業，是他生命境界的一個很大轉變。面對武俠小說，他是真的認為這種類型小說是會流傳下去的，所以不斷地尋求自我突破，可是自我突破又何其困難。他勉力重整旗鼓，卻仍然無法面對自己。古龍到最後，甚至已無力反抗，轉而自暴自棄。後來的研究者通過古龍最後一段時間的生活軌跡發現，古龍甚至是有點求死。

一九八五年九月十六日，丁情到古龍家，古龍從書房拿了個紙袋，還有一卷字畫交給他，說，這是我長期以來所寫的雜文，還有一些字畫，你收好。古龍想出版一本散文集，書名叫作《葫蘆與劍》。丁情非常奇怪，古龍從來沒有將稿子交給他保管的習慣，今天怎麼會給他呢？

兩天後，九月十八日，秋將至，卻未至，古龍情緒不穩，大罵于秀玲，然後叫上丁情去北投喝酒，半夜大量吐血，再次進入醫院搶救，在九月廿一日下午六點六分，為自己畫下了生命的休止符。從此，刀鋒已折，不必再握！

古龍的逝世，也為曾叱吒風雲的台灣武俠小說拉下了大幕。其實武俠小說頹勢之顯，早在一九七〇年代已開始。從一九七一年起，台灣的經濟逐漸擺脫農村經濟的困局，開始邁向現代化。電視的興起，取代了曾經的廣播電台和電影院，而咖啡廳、檯球廳的大量出現，更是替代了小說閱讀這一簡單的娛樂方式。緊接著，電視連續劇的出現，迅速俘獲了大量觀眾。從讀者到觀眾的轉化，也意味著文字的感染力逐漸消逝。

曾經以武俠出版為大宗的出版社，業務開始停滯，新書出版漸至寥寥，其中最大的真善美出版社，從一九七〇年七月暫停出版新書。一九七四年，出版人宋今人發表《告別武俠》一文，正式宣佈真善美出版社停業。

伴隨著大環境的改變，武俠作家也是欲振乏力，作品粗製濫造、情節自我重複，陷入應付作業。為了擴大收益，隨意倩人捉刀，除司馬翎、慕容美等極少數作家外，諸葛青雲、古龍、蕭逸、上宮鼎、柳殘陽等人，幾乎都有別人代筆續寫的記錄，而代筆者甚至不讀前面的情節，只是敷衍了事，草草收尾。出版社為了利益，不惜冒名頂替，偽作氾濫，剽竊抄襲，自我盜版。

于東樓的漢麟出版社結業後，將版權轉予萬盛出版社，為了促銷武俠書，萬盛出版社假借古龍「增刪、標點、評注、續寫」等名義，將民國舊派武俠作家鄭證因的代表作《鷹爪王》改為《淮上英雄傳》、《十二連環塢》、《雁蕩俠隱記》出版，又以同樣伎倆將王度廬的代表作《鶴驚崑崙》、《寶劍金釵》、《劍氣珠光》、《臥虎藏龍》、《鐵騎銀瓶》的「鶴鐵五部作」改為《鶴舞江南》、《劍氣蕭蕭》、《掛劍還珠》、《塞外飛龍》、《春水駝鈴》等書出版。

更甚者，王度廬的《風雨雙龍劍》乾脆用古龍的名字出版。此外，還有將白羽的《十二金錢鏢》改為《風雲第一鏢》，將朱貞木的《虎嘯龍吟》改為《五湖豪俠傳》，掛名臥龍生，如此等等，不可勝數。

可是武俠小說的讀者在成長，武俠小說的優劣，他們自然看在眼中。新生代的讀者，在大量娛樂專案出現的時候，無疑對武俠小說的寫作有了更高要求。選擇性增多，寬容度就要下降，也就是說，進入一九七〇年代，武俠小說創作面臨的挑戰，遠比二十年前要大得多。這個時候，老作家卻彼此抄襲、套用、自損羽毛，創作反而停滯不前，若論真正有意識突破者，不過古龍一人而已。

與此同時，台灣文藝界對武俠小說的鄙視、批評卻有所改變。從一九七五年起，社會輿論多以公允、持平的態度來評價「武俠文學」，甚至還鼓勵文藝界名人參與短篇武俠小說創作。

《中國時報》副刊《人間》在高信疆的策劃下，從一九七七年七月十七日開始，連續刊載了由當時文化名人執筆的十三篇武俠小說，分別是：陳雨航的《天下第一捕快》、段昌國的《落日照大旗》；銀正雄的《刺客》、唐文標的《劍只是一支》、孟南柯的《古廟》、金恒煒的《見龍在田》、葉言都的《妾擊賊》、忻易的《再入江湖》、羅青的《白衣劍大戰天魔幫之後》、陳曉林的《俠血傳奇》、顏昆陽的《過河卒子》、溫瑞安的《石頭拳》、毛鑄倫的《大俠郭解》。

其中除了溫瑞安是武俠小說新秀，已寫出了《白衣方振眉》系列和《四大名捕會京師》系列，其他都是從未寫過武俠小說的台灣詩人、小說家、評論家、學者，不是博士，就是教授。這次策劃美其名曰「當代中國武俠小說展」，更為配合短篇武俠小說創作，陸續刊載了七篇評論。

以這個陣容，溫瑞安參與其中，恐得益於他作為詩人的身分，畢竟一九七五年，溫瑞安已經出版了詩集《將軍令》。在台讀書期間，除了在《中國時報》、《現代文學雜誌》、《純文學月刊》發表散文、小說，溫瑞安詩作不斷，深得余光中、齊邦媛等人關注，他的第二本詩集《山河錄》就是由齊邦媛寫序，文中頗多讚揚。溫瑞安又創辦《青年中國》雜誌，約徐復觀、牟宗三、錢穆、韋政通、胡秋原、余光中、張曉風等文化名人寫稿，被視為新生代作家。

寫現代詩的詩人，撰寫武俠小說，溫瑞安並非頭一個。一九六一年，詩人方旗讀大學的時候，就以筆名陸魚寫過武俠小說《少年行》，書中有大量心理描寫，寫景時寓情於景，乃至用了意識流的技巧，被當時真善美出版社的出版人宋今人讚賞，特意寫了文章，稱其「寫人寫景，落英繽紛」。

書中的主人公哥舒瀚記起九月十七日夜時想道：「失去了你的痛苦，在還沒認識你以前，我就知道了！」

這完全是精彩的現代詩句，這種武俠小說現代化的探索，早於古龍不止十年，可惜沒能堅持下去。方旗出版的詩集《哀歌二三》、《端午》，內文編排直式齊尾，排版彷彿山脈橫走，啟發了後來圖像詩的思考。溫瑞安在小說中文字排列縱橫交錯，宛如圖像，濫觴自方旗。

據說，詩人周夢蝶在一九七〇年代偶然讀到《哀歌二三》，就把這本詩集推薦給余光中。余光中大為驚豔，在其著作《玻璃迷宮》中專門評價。其時，余光中和方旗素不相識，更未謀面。

方旗本名黃哲彥，台灣大學物理系畢業，純粹理科生，一九六四年赴美深造，獲美國馬里蘭大學物理學博士學位，並留美任教。至於留美多久，是否回到台灣，難覓資料。湖南文藝出版社一九八八年編選《當代台灣詩萃》，收錄有部分方旗的詩。

回到一九七七年，台灣正統文學界做出這樣的改變，對於轉型期的台灣武俠小說來說，無疑是一個信號，可惜當年的武俠名家，固步自封，媚俗成習，全部缺席。

臥龍生一九七三年到中華電視台當了編劇，後來獨孤紅也步臥龍生後塵進入電視台，大陸觀眾熟悉的台灣電視劇《一代女皇》、《怒劍狂花》皆為其編劇作品。一九七一至一九七六年，司馬翎、孫玉鑫、臥龍生、諸葛青雲、慕容美、柳殘陽、秦紅、獨孤紅、高庸、武陵樵子、南湘野叟、丁劍霞、東方英、蕭瑟等人陸續退隱，即使並非封筆，新作亦是寥寥。

一九八〇年以後，雲中岳、司馬紫煙、蕭逸等作家調整寫作策略，漸次以武俠中短篇取代長篇故事，吸引了部分讀者，亦不過是西風殘照，強弩之末。

這亦是古龍一九七五至一九八五年獨撐台灣武俠小說大局的原因。後起之秀如溫瑞安、奇儒、蘇小歡，乃至香港的黃鷹、龍乘風等人，皆以古龍為師，卻是屈指可數，難現輝煌。

我和陳曉林先生相識於二〇一九年。彼時我將拙作《武俠小說史話》繁體字版權付與台灣風雲時代出版社，社長即為陳曉林。寫「武俠史」的書，能在當年武俠興盛之地出版，於我而言，堪稱因緣。陳曉林的文章我此前曾讀過不少，頗受啟發，嗣後微信飛鴻，時有交流，頗多興趣和觀點一致。本擬二〇二〇年面覲請益，孰料疫情不息，延宕至今，緣慳一面。

風雲時代出版社是今日台灣為數不多以出版武俠小說為主營的出版社，在武俠小說閱讀市場日漸萎縮時，苦苦支撐，源於陳曉林當年和古龍的承諾。

古龍曾不止一次當著很多文友的面，建議陳曉林設立一家出版社，主要出版有水準的武俠小說。古龍還承諾，若陳曉林出面主持出版社，他願意投資，並像金庸那樣花時間修訂自己的作品，且將所有代筆部分捨去，重寫未完成的部分。為了表明自己的認真，古龍還鄭重囑託，如果到時他真的忙不過來，希望對他作品諳熟的陳曉林，代他完成修訂。

陳曉林當時在報社工作，辦出版社會有利益衝突，被報社老闆否決。倏忽之間，古龍乘酒西去已三十餘年，陳曉林慨歎，當年在古龍府上淺斟低酌、衡文論藝的友人如高信疆、林清玄等好友，紛紛提早離席，更遑論那些大言炎炎的影視老闆、當紅明星？午夜夢迴，陳曉林的眼前仍不時浮現古龍書房中那副對聯：「古匣龍吟秋說劍，寶簾珠卷曉凝妝；寶匱珠瑲春試鏡，古韜龍劍夜論文。」

終於，當陳曉林不再從事媒體工作，真如古龍所期望的那樣，創辦了風雲時代出版社，為武俠小說出版殫精竭慮，實踐著當初與古龍雖未明確敲定卻已默契於心的承諾。

古龍生前的版權非常混亂。古龍逝世後，其父熊飛立刻委託同居的張秀碧登記繼承古龍所有遺產。古龍逝世後與父親竟然以這種方式繼續糾纏，實在讓人慨歎。

後來，于秀玲又將古龍的著作授權萬盛、風雲時代等出版社，在大陸、台灣兩地出版，造成了版權歸屬的爭議。

再後來，古龍長子鄭小龍，提出侵權訴訟，並引發葉怡寬、熊正達、熊小雲等人一連串的繼承爭議，衍生多起繼承官司。

陳曉林多方奔走，所幸後來各方和解，共同成立古龍著作管理發展委員會，目前關於古龍作品IP權權利歸屬於「古龍著作管理發展委員會」，由古龍長子鄭小龍為全權代表，風雲時代出版社也合法地擁有了出版古龍小說的權利。陳曉林認真校對出版古龍小說的文本，同時也出版台灣其他武俠名家的作品，為曾經的「大武俠時代」留下紀念。

古龍與倪匡、三毛為好友，三人都對死亡有不可解處，卻又都認為人死後必有靈魂，只是人魂之間，無法突破障礙溝通。三人遂有了「生死之約」，約定誰先離世，其魂需盡一切努力，與生者溝通，以洞燭幽明。

沒有多久，古龍謝世。倪匡和三毛在古龍葬禮上，一面痛飲，一面仍念念有詞：「要記得這生死之約！」

世俗相傳，七七四十九天之後，是魂歸之日。古龍七七之期，倪匡和三毛燃燭以候，等古龍魂兮歸來。

結果，失望。

沒有多久，三毛也謝世了。

古龍逝前曾對于秀玲說：

「真對不起你，也對不起那些愛過我的女人。」

「只要你知道了，今後我們會生活得很快樂。」

可惜沒有今後了。

林青霞因拍古龍電影與古龍相識，她說，古龍死了以後，台灣有個小學生曾經問：「古大俠死去了，小李飛刀是不是也會死去？」

「小李飛刀成絕響，人間不見楚留香。」

只可惜，再也沒有今後了。

林遙，作家，現居北京。主要著作有《明月前身》、《武俠小說史話》等。

（本文寫作，涉及古龍小說版本相關資料來自程維鈞《古龍小說原貌探究》，使用了林保淳、趙躍利、陳昌傑諸先生提供的文字資料和圖片資料，承蒙陳曉林、許德成、顧臻三位先生接受採訪，提供史料，在此致謝！）

【附錄二】

古龍小說的十大經典開篇

《多情劍客無情劍》

冷風如刀，以大地為砧板，視眾生為魚肉。萬里飛雪，將穹蒼作洪爐，熔萬物為白銀。

雪將住，風未定，一輛馬車自北而來，滾動的車輪輾碎了地上的冰雪，卻輾不碎天地間的寂寞。

李尋歡打了個呵欠，將兩條長腿在柔軟的貂皮上儘量伸直，車廂裡雖然很溫暖，很舒服，但這段旅途實在太長、太寂寞，他不但已覺得疲倦，而且覺得厭惡，他平生最厭惡的就是寂寞，但他卻偏偏時常與寂寞為伍。

「人生本就充滿了矛盾，任何人都無可奈何。」

李尋歡歎了口氣，自角落中摸出了個酒瓶，他大口地喝著酒時，也大聲的咳嗽起來，不停的咳嗽使得他蒼白的臉上，泛起一種病態的嫣紅，就彷彿地獄中的火焰，正在焚燒著他的肉體與靈魂。

酒瓶空了，他就拿起把小刀，開始雕刻一個人像，刀鋒薄而鋒銳，他的手指修長而有力。

這是個女人的人像，在他純熟的手法下，這人像的輪廓和線條看來是那麼柔和而優美，看來就像是活的。

他不但給了「她」動人的線條，也給了她生命和靈魂，只因他的生命和靈魂已悄悄地自刀鋒下溜走。

《天涯・明月・刀》

「天涯遠不遠？」
「不遠！」
「人就在天涯，天涯怎麼會遠？」

「明月是什麼顏色的？」
「是藍的，就像海一樣藍，一樣深，一樣憂鬱。」
「明月在哪裡？」
「就在他心裡，他的心就是明月。」

「刀呢？」

「刀就在他手裡！」

「那是柄什麼樣的刀？」

「他的刀如天涯般遼闊寂寞，如明月般皎潔憂鬱，有時一刀揮出，又彷彿是空的！」

「空的？」

「空空濛濛，縹緲虛幻，彷彿根本不存在，又彷彿到處都在。」

「可是他的刀看來並不快。」

「是的。」

「不快的刀，怎麼能無敵於天下？」

「因為他的刀已超越了速度的極限！」

「他的人呢？」

「人猶未歸，人已斷腸。」

「何處是歸程？」

「歸程就在他眼前。」

「他看不見？」

「他沒有去看。」

「所以他找不到？」

「現在雖然找不到，遲早總有一天會找到的！」

「一定會找到？」

「一定！」

《流星．蝴蝶．劍》

流星的光芒雖短促，但天上還有什麼星能比它更燦爛、輝煌！
當流星出現的時候，就算是永恆不變的星座，也奪不去它的光芒。

蝴蝶的生命是脆弱的，甚至比最鮮豔的花還脆弱。
可是牠永遠只活在春天裡。
牠美麗，牠自由，牠飛翔。
牠的生命雖短促卻芬芳。

只有劍，才比較接近永恆。
一個劍客的光芒與生命，往往就在他手裡握著的劍上。
但劍若也有情，它的光芒是否也就會變得和流星一樣短促？

《楚留香新傳》

江湖中關於楚留香的傳說很多，有的傳說簡直已接近神話，有人說他：「駐顏有術，已長生不老」，有人說他：「化身千萬，能飛天遁地」，有人喜歡他，佩服他，也有人恨他入骨。但真正見過他的人卻並沒有幾個，真正能了解他的人當然更少了。

他究竟是個怎麼樣的人呢？

他年紀不算小，但也絕不能算老。

他喜歡享受，也懂得享受。

他喜歡酒，卻很少喝醉。

他喜歡善舞的女人，所以一向很尊敬她們。

他嫉惡如仇，卻從不殺人。

他痛恨為富不仁的人，所以常常將他們的錢財轉送出去，受過他恩惠的人，多得數也數不清。

他有很多仇人，但朋友永遠比仇人多，只不過誰也不知道他的武功深淺，只知道他這一生與人交手從未敗過。

他喜歡冒險，所以他雖然聰明絕頂，卻常常要做傻事。

他並不是君子，卻也絕不是小人。

江湖中的人，大多都尊稱他為：「楚香帥」，但他的老朋友胡鐵花卻喜歡叫他：「老臭蟲」。

楚留香就是這麼樣一個人！

《三少爺的劍》

劍氣縱橫三萬里。
一劍光寒十九洲。

殘秋。
木葉蕭蕭，夕陽滿天。
蕭蕭木葉下，站著一個人，就彷彿已與這大地秋色融為一體。
因為他太安靜。
因為他太冷。

一種已深入骨髓的冷漠與疲倦，卻又偏偏帶著種逼人的殺氣。

他疲倦，也許只因為他已殺過太多人，有些甚至是本不該殺的人。

他殺人，只因為他從無選擇的餘地。

他掌中有劍。

一柄黑魚皮鞘，黃金吞口，上面綴著十三顆豆大明珠的長劍。

江湖中不認得這柄劍的人並不多，不知道他這個人的也不多。

他的人與劍十七歲時就已名滿江湖，如今他年近中年，他已放不下這柄劍，別人也不容他放下這柄劍。

放下這柄劍時，他的生命就要結束。

名聲，有時就像是個包袱，一個永遠都甩不脫的包袱。

《絕代雙驕》

江湖中有耳朵的人，絕無一人沒有聽見過「玉郎」江楓，和燕南天這兩人的名字；江湖中有眼睛的人，也絕無一人不想瞧瞧江楓的絕世風采，和燕南天的絕代神功。

只因為任何人都知道，世上絕沒有一個少女能抵擋江楓的微微一笑，也絕沒有一個英雄能抵擋燕南天的輕輕一劍！任何人都相信，燕南天的劍非但能在百萬軍中取主帥之首級，也能將一根頭髮分成兩根，而江楓的笑，卻可令少女的心粉碎。

《蕭十一郎》

初秋，豔陽天。

陽光透過那層薄薄的窗紙照進來，照在她光滑得如同緞子般的皮膚上，水的溫度恰好比陽光暖一點，她懶洋洋地躺在水裡，將一雙纖秀的腳高高地蹺在盆上，讓腳心去接受陽光的輕撫——輕得就像是情人的手。

她心裡覺得愉快極了。

經過了半個多月的奔馳之後，世上還有什麼比洗個熱水澡更令人愉快的事呢？她整個人都似已融化在水裡，只是半睜著眼睛，欣賞著自己的一雙腳。

這雙腳爬過山、涉過水，在灼熱得有如熱鍋般的沙漠上走過三天三夜，也曾

在嚴冬中橫渡過千里冰封的遼河。

這雙腳踢死過三隻餓狼、一隻山貓，踩死過無數條毒蛇，還曾經將盤踞祁連山多年的大盜「滿天雲」一腳踢下萬丈絕崖。

但現在這雙腳看來仍是那麼纖巧、那麼秀氣，連一個疤都找不出來，就算是足跡從未出過閨房的千金小姐，也未必會有這麼完美的一雙腳。

她心裡覺得滿意極了。

爐子上還在燒著水，她又加了些熱水在盆裡；水雖然已夠熱了，但她還要再熱些，她喜歡這種「熱」的刺激。

她喜歡各式各樣的刺激。

她喜歡騎最快的馬，爬最高的山，吃最辣的菜，喝最烈的酒，玩最利的刀，殺最狠的人！

別人常說：「刺激最容易令人衰老。」但這句話在她身上並沒有見效，她的胸還是挺得很，腰還是細得很，小腹還是很平坦，一雙修長的腿還是很堅實，全身上下的皮膚都沒有絲毫皺紋。

她的眼睛還是很明亮，笑起來還是很令人心動，見到她的人，誰也不相信她已是三十三歲的女人。

這三十三年來，風四娘的確從沒有虧待過自己，她懂得在什麼樣的場合中穿什麼樣的衣服，懂得對什麼樣的人說什麼樣的話，懂得吃什麼樣的菜時喝什麼樣的酒，也懂得用什麼樣的招式殺什麼樣的人！

她懂得生活，也懂得享受。

像她這樣的人，世上並不多，有人羨慕她，有人妒忌她，她自己對自己也幾乎完全滿意了——只除了一樣事。

那就是寂寞。

無論什麼樣的刺激也填不滿這份寂寞。

《邊城浪子》

屋子裡沒有別的顏色，只有黑！

連夕陽照進來，都變成一種不吉祥的死灰色。

夕陽還沒有照進來的時候，她已跪在黑色的神龕前，黑色的蒲團上。

黑色的神幔低垂，沒有人能看得見裡面供奉的是什麼神祇，也沒有人能看得見她的臉。

她臉上蒙著黑紗，黑色的長袍烏雲般散落在地上，只露出一雙乾癟、蒼老、鬼爪般的手。

她雙手合什，喃喃低誦，但卻不是在祈求上蒼賜予多福，而是在詛咒。

詛咒著上蒼，詛咒著世人，詛咒著天地間的萬事萬物。

一個黑衣少年動也不動地跪在她身後，彷彿亙古以來就已陪著她跪在這裡。而且一直可以跪到萬物都已毀滅時為止。

夕陽照著他的臉。他臉上的輪廓英俊而突出，但卻像是遠山上的冰雪塑成的。

夕陽黯淡，風在呼嘯。

她忽然站起來，撕開了神龕前的黑幔，捧出了一個漆黑的鐵匣。

難道這鐵匣就是她信奉的神祇？她用力握著，手背上青筋都已凸起，卻還是在不停地顫抖。

神案上有把刀，刀鞘漆黑，刀柄漆黑。

她突然抽刀，一刀劈開了這鐵匣。

鐵匣裡沒有別的，只有一堆赤紅色的粉末。

她握起了一把：「你知道這是什麼？」

沒有人知道——除了她之外，沒有人知道！

「這是雪，紅雪！」

她的聲音淒厲、尖銳，如寒夜中的鬼哭：「你生出來時，雪就是紅的，被鮮血染紅的！」

黑衣少年垂下了頭。

她走來，將紅雪撒在他頭上、肩上：「你要記住，從此以後，你就是神，復仇的神！無論你做什麼，都用不著後悔，無論你怎麼樣對他們，都是應當的！」

聲音裡充滿了一種神秘的自信，就彷彿已將天上地下所有神魔惡鬼的詛咒，都已藏入這一撮赤紅的粉末裡，都已附在這少年身上。

然後她高舉雙手，喃喃道：「為了這一天，我已準備了十八年，整整十八年，現在總算已全都準備好了，你還不走？」

黑衣少年垂著頭，道：「我……」

她突又揮刀，一刀插入他面前的土地上，厲聲說道：「快走，用這把刀將他們的頭全都割下來，再回來見我，否則非但天要咒你，我也要咒你！」

風在呼嘯。

她看著他慢慢地走出去，走入黑暗的夜色中，他的人似已漸漸與黑暗溶為一體。

他手裡的刀，似也漸漸與黑暗溶為一體。

這時黑暗已籠罩大地。

《七種武器：離別鉤》

「我知道鉤是種武器，在十八般兵器中名列第七，離別鉤呢？」

「離別鉤也是種武器，也是鉤。」

「既然是鉤，為什麼要叫作離別？」

「因為這柄鉤，無論鉤住什麼都會造成離別。如果它鉤住你的手，你的手就要和腕離別；如果它鉤住你的腳，你的腳就要和腿離別。」

「如果它鉤住我的咽喉，我就要和這個世界離別了？」

「是的。」

「你為什麼要用如此殘酷的武器？」

「因為我不願被人強迫跟我所愛的人離別。」

「我明白你的意思了。」

「你真的明白？」

「你用離別鉤，只不過為了要相聚。」

「是的。」

《英雄無淚》

一座高山，一處低岩，一道新泉，一株古松，一爐紅火，一壺綠茶，一位老人，一個少年。

「天下最可怕的武器是什麼？」少年問老人，「是不是例不虛發的小李飛刀？」

「以前也許是，現在卻不是了。」

「為什麼？」

「因為自從小李探花仙去後，這種武器已成絕響。」老人黯然歎息，「從今以後，世上再也不會有小李探花這種人；也不會再有小李飛刀這種武器了。」

少年仰望高山，山巔白雲悠悠。

「現在世上最可怕的武器是什麼？」少年又問老人，「是不是藍大先生的藍

山古劍？」

「不是。」

「是不是南海神力王的大鐵椎？」

「不是。」

「是不是關東落日馬場馮大總管的白銀槍？」

「不是。」

「是不是三年前在邯鄲古道上，輕騎誅八寇的飛星引月刀？」

「不是。」

「我想起來了。」少年說得極有把握，「是楊錚的離別鉤；一定是楊錚的離別鉤！」

「也不是。」老人道，「你說的這些武器雖然都很可怕，卻不是最可怕的一種。」

「最可怕的一種是什麼？」

「是一口箱子。」

「一口箱子？」少年驚奇極了，「當今天下最可怕的武器是一口箱子？」

「是的。」

古龍真品絕版復刻 9

遊俠錄(下)

作者：古龍
發行人：陳曉林
出版所：風雲時代出版股份有限公司
地址：10576台北市民生東路五段178號7樓之3
電話：(02) 2756-0949　　傳真：(02) 2765-3799
封面影像處理：許惠芳
執行主編：劉宇青
行銷企劃：林安莉
業務總監：張瑋鳳
出版日期：2022年11月
ISBN ：978-626-7153-30-7

風雲書網：http://www.eastbooks.com.tw
官方部落格：http://eastbooks.pixnet.net/blog
Facebook：http://www.facebook.com/h7560949
E-mail：h7560949@ms15.hinet.net
劃撥帳號：12043291
戶名：風雲時代出版股份有限公司

風雲發行所：33373桃園市龜山區公西村2鄰復興街304巷96號
電話：(03) 318-1378　　傳真：(03) 318-1378
法律顧問：永然法律事務所 李永然律師
　　　　　北辰著作權事務所 蕭雄淋律師

行政院新聞局局版台業字第3595號 營利事業統一編號22759935

定價：320元　

國家圖書館出版品預行編目資料

遊俠錄(古龍真品絕版復刻 8 - 9)／古龍著. --
臺北市：風雲時代出版股份有限公司, 2022.08
冊；　公分.
ISBN : 978-626-7153-29-1（上冊 : 平裝）
ISBN : 978-626-7153-30-7（下冊 : 平裝）
857.9　　　　111009934